紅玫瑰命案
的目擊者
紅玫瑰理容
葉意霆◎著
封面插圖◎埃西

序

曾經有人研究過，犯罪者通常會回到犯罪現場，為了什麼？

「為了看看現在到底情況如何？」

「看自己做的好事。」

「享受那種隱形在現場的快感！」

這樣一來，命案現場是否更容易有犯罪人呢？這一集的《紅玫瑰命案》，囧囧少年偵探團研究的重點就在此。

而且當犯罪者發現有人目睹他的犯罪現場時，他會怎麼做呢？

「殺了第一個就會想殺第二個。」囧囧少年偵探團的李寶隆，以他多年研究犯罪的心得，做出這樣的結論。

也因為這次的案件，和上次的珠寶案不太一樣，扯上了人命，李寶隆想的跟李爸爸想的一模一樣，於是……

李爸爸更加強力反對冏冏少年偵探團繼續深入這個案件，李爸爸的心願可以實現嗎？

這次的《紅玫瑰命案》，將帶領各位讀者到平常大家都會去的網咖，也讓讀者們明白，在網咖陰暗的燈光下，有可能隱藏什麼平常該注意的事情。

囧囧少年偵探團人物介紹

囧囧少年偵探團的成員：李寶隆、嚴麗婷、孫光榮。

李寶隆：

國二男生，175CM。是個長得瘦高、喜歡耍酷的帥哥，常常學小說裡的偵探刁個煙斗過乾癮，隨身總是帶著放大鏡以防錯失線索。

嚴麗婷：

國一女生，163CM。及腰直髮，長得非常漂亮，喜歡穿得美美的衣服，不是搞怪型的美少女，而且心思敏捷活潑。

孫光榮：

國小六年級男生，165CM。個子圓滾滾而且脾氣很好，喜歡隨手畫東畫西，擅長美術設計，不過卻常寫錯字，常被取笑自己長得就像個圓圓的「囧」樣。

李爸爸：

李寶隆的爸爸，開水電行。非常瘦小，而且右眼曾受傷所以右眼球是假的，原因始終沒有對其他人說過。給人的感覺有點神祕，喜歡修東西、研發新東西。

夏爸爸：

夏馥莓的爸爸，在囧囧少年偵探團的住家附近擔任警察的工作，因為長得圓滾滾的，常常讓人家誤認他和孫光榮是父子。

豹力團成員：毛國林、林哲緯、陳文聖。

豹力團的成員因為沒有囧囧少年偵探團有名，但是他們和囧囧既是玩伴也是死對頭，所以為了凸顯自己，他們在左手背上，用刺青貼紙貼上一頭豹的形狀，並且逢人就把那個豹的刺青秀給人看，當作打招呼的方式。

毛國林：

國二男生，１７５ＣＭ。和李寶隆是從小打到大的同班同學，他是方圓數公里之內有名的帥哥，濃眉大眼。常常有女生慕名來看他，他非常重視自己的外表，鄰居都叫他做「黑狗兄」。

林哲緯和陳文聖：

兩個都是國一男學生，從小就是毛國林的跟班，林哲緯皮膚黑、陳文聖皮膚白，所以大家都稱呼他們兩個是黑白無常。

目次

紅玫瑰理容

第一章 朋友的眼中沒有英雄

「哎喲！這是誰啊？」嚴麗婷在囧囧少年偵探團的招牌底下，從下往上叫著斜靠在窗邊的李寶隆。

「妳不知道嗎？這位就是名聞世界的大偵探李……寶……隆……」孫光榮接著麗婷的話，用不安好心的語氣介紹著寶隆。

「我們這麼了不起的大偵探，怎麼不去抓犯人呢？靠在這個窗邊，犯人已經危害全世界了，大偵探怎麼可以在這裡發呆呢？」麗婷也學起光榮高八度、怪怪的語氣「揶揄」著寶隆。

「夠了！夠了！你們兩個到底在做什麼啊？」本來還在「沉思」的寶隆，終於忍不住，從二樓往底下喊了幾句。

「大偵探這麼沉不住氣嗎？這樣容易讓犯人跑掉喔？」光榮又對寶隆「酸」了回去。

寶隆忍不住小聲的自言自語：「這些人，才沒多久的時間，就開始對我這樣。我可是真正破了珠寶案的大偵探，又不是冒牌的。想當初，方圓幾百里的

人都對我客客氣氣，你們兩個還不是跟在我身邊轉啊轉的，拼命說都是因為寶隆，才讓你們兩個有幸跟著當大偵探。現在竟對我冷言冷語，這是怎麼樣？以為我就會窩在這裡一輩子嗎？」

「李寶隆，你在唸唸有詞個什麼勁啊？」麗婷看到寶隆自言自語的樣子，又從底下喊話上來。

「嚴麗婷，我不是告訴過妳，女孩子家就要有女孩子家的樣子，妳在巷子裡喊這麼大聲，是要做什麼呢？」嚴媽媽看到麗婷在水電行門口「喊話」，馬上出聲「糾正」麗婷。

「妳罵她還不是很大聲。」疼女兒的嚴爸爸跟在嚴媽媽旁邊，揶揄了自己太太幾句。

「我每次管女兒，你就插嘴，這樣怎麼會有規矩呢？」嚴媽媽隨即把目標轉向嚴爸爸。

「哎喲！想當年，妳還不是跟妳女兒現在差不多，我仍然把妳娶進門了，不是嗎？」嚴爸爸老愛這樣說。

「討打！」嚴媽媽拍了嚴爸爸一記。

「不要再這樣吼了，不像話，知道嗎？」嚴媽媽跟嚴爸爸是要去大賣場買東西，臨出門時看到麗婷在那裡鬼吼鬼叫的，嚴媽媽忍不住端出媽媽的姿態，「訓」了麗婷幾句，但是趕著出門，也沒辦法多說什麼，就趕緊走了。

「李寶隆，都是你，害麗婷被罵了，你還不趕快下來。」光榮對著樓上的寶隆大吼。

「你們兩個做什麼啊？我正在研究偵探書，你們為什麼一定要拉我出去呢？」寶隆沒好氣的說。

「別研究了，這裡不會再發生大案子了，自從我表舅的珠寶案後，那是我們這裡的第一遭，也會是最後一遭。」麗婷說道。

「是啊！是啊！」光榮也同意麗婷的說法。

「你們怎麼知道？」寶隆瞄了底下兩個團員一眼。

「從以前到現在，我們這一帶治安一向良好，從來沒有發生過什麼嚴重的案件，上次的珠寶案，也是來這裡躲藏而已。你看，連夏警官都悠哉悠哉的，大偵探你放心啦！」光榮積極的勸說著寶隆。

「你們兩個有沒有榮譽心啊？都已經掛牌囧囧少年偵探團了，還不認真做功課。」寶隆講到這點就有氣。

珠寶案剛破的時候，麗婷和光榮還央求寶隆幫他們上點偵探課，但是時間一久，就把這件事拋到腦後，一天到晚忙些「言不及義」的事情。

「我們就是為了榮譽心才來找你的。」麗婷說道。

「什麼事情？」寶隆心想，「你們兩個的字典裡面，有『榮譽心』這三個字嗎？」寶隆心裡的答案是否定的。

就在這個時候，有個小男孩走進這條巷子來……

「小朋友，有什麼事情嗎？」麗婷的母愛在看到這個小男孩的同時，頓時發揮了出來，她細心的問著小男孩。

「我在找囯囯少年偵探團。」小男孩奶聲奶氣的回答，手上還拿著一張小紙片。

「不是囯囯少年偵探團，是囧囧少年偵探團，那個字唸囧。」麗婷很有耐心的解釋著。

「你怎麼知道囧囧少年偵探團的？」光榮問起小男孩。

小男孩解釋說：「我是夏馥莓的同班同學，她常常說你們很厲害，我想找囧囧少年偵探團的人幫我忙。」

「那你要先跟我們說你的名字喔！」麗婷學著小男孩的語調問他話。

「大姊姊，不要這樣說話，好幼稚喔！」小男孩皺著臉說道。

「哈哈哈……」寶隆和光榮在樓上樓下一起笑成一團。

「我不是故意笑你的！我已經長大了，叫柯友善。」友善露出靦腆的笑容。

「大姊姊知道，友善找囧囧少年偵探團有什麼事情嗎？我們三個就是囧囧

少年偵探團。」麗婷好心的回答。

「我想找你們幫我忙……」友善正要開始說，這時候寶隆的心裡就想：「一定又是叫我們找阿貓、阿狗之類的案子吧！」

「我想請你們幫我找……」友善還沒說完，連光榮都開口說：「小朋友，我們自從破過珠寶案後，就不再幫別人找小貓、小狗了。」

「你讓小朋友說完嘛！不要打斷人家的話。」麗婷瞪了光榮一眼。

「我要請你們幫我找答案。」友善說明自己的來意。

「答案！什麼答案？」囧囧少年偵探團的成員，異口同聲的說。

「今天老師出了一題課外題，他說整個地球可以用四色拼圖拼出來，他要我們做這個研究。」友善慢慢的說道。

「什麼？你要我們幫忙寫功課？」光榮覺得這個小朋友簡直是不可思議。

「不是，這不是功課，是課外題，可以寫也可以不寫。」友善認真的複述老師的話。

「可是，我們是偵探團，不是家教團耶！」麗婷也稍微皺起眉頭，覺得這個小朋友有點「天兵」。

「我聽夏馥莓說，你們非常聰明，很會分析，剛好老師說這個要用腦筋分析，所以我才想來找你們。」友善解釋著自己的想法。

「我們囧囧少年偵探團在你們學校這麼有名喔？」光榮好奇的問著友善。

「是啊！可能夏馥莓是個大嘴巴，她一天到晚都跟周圍的人說，你們超級棒的。」友善認真的點點頭。

「那……我們要不要……」麗婷有點心軟。

不過寶隆馬上否決說：「小朋友，偵探是個非常神聖的工作，我們平常也要注意這附近的治安，不可以掉以輕心，所以不能陪你做研究，請見諒。」

「真的嗎？好可惜……好吧！」友善這個小孩跟他的名字一樣，滿「友善」的，不是那種無理取鬧的孩子，聽到寶隆拒絕他的話，當下也就接受，不會想要纏著囧囧少年偵探團。

「友善，你們班上的同學都知道我們了？」麗婷還是繼續問著友善。

「是啊！不只我們班，應該全校同學都知道你們了。」友善這麼說道。

「那你怎麼還把我們的名字唸錯？」寶隆拿出偵探「懷疑」的精神，反問著友善。

「因為夏馥莓畫的地圖，上面寫了字，我就照著上面的字唸，結果就錯了。」友善滿臉無奈。

麗婷把那張字條拿來看，果然夏馥莓可能不會寫「囧」字，就把「囧」寫成「匡」了。

「難怪友善會唸錯！友善，你在這裡等一下喔！」麗婷把正要回家的友善叫住，跑回家去。

「我們囧囧少年偵探團的團員，功課都不算頂好的，所以沒辦法幫你解決這個問題，不是不幫你。這是我們囧囧少年偵探團的帽子，送你一頂。」原來麗婷回家拿了頂帽子要送友善。

「啊！真帥！謝謝漂亮姊姊。」友善嘴巴頓時甜起來了。

看著友善戴著帽子的背影，麗婷嘆了一口氣說：「小孩真可愛。」

同一時間，光榮則是說：「夏馥莓一定會來要的！」

「到時候妳就知道小孩是魔鬼了。」寶隆也跟著光榮的話說。

「好吧！如果馥莓也要，我就把我那頂送她好了！」麗婷覺得一人做事一人當，她會為這樣的結果負責。

「我們也才做幾頂而已，妳不要再送人了，我們是用來打仗用的，當作制服一樣啊！」光榮覺得麗婷何必如此，那可是他辛辛苦苦，用美工筆一筆、一筆畫出來的鴨舌帽，麗婷這樣隨便送人，讓他覺得惋惜不已。

「人家這麼尊敬我們，總不好讓他空手回去吧！」麗婷對於小孩非常心軟。

「孫光榮，你幫個忙好嗎？」寶隆說起話來。

「什麼事？」光榮問道。

「你在我們的招牌旁邊掛上幾個字，囧囧少年偵探團，不做偵探以外的事情。這樣好嗎？」寶隆說著。

「好啊！我有空就來做。要不要特別註明，不幫忙寫功課呢？」光榮笑著問寶隆。

「可以啊！」寶隆點點頭，麗婷則是在一旁說這樣很無聊。

「一點都不無聊，偵探就要有偵探的樣子。」

寶隆又端出偵探神聖說，他總是嘆息，他這樣渾然天成的大偵探，在朋友的眼中竟然不是英雄。

「沒辦法，朋友的眼中就是沒有英雄。」寶隆常常這樣安慰著自己。

「對了，你們來找我，有什麼事情嗎？」寶隆問起兩位隊友。

「豹力團對我們下戰帖了！」麗婷對寶隆說道。

「所以我們才說，這是為了我們的榮譽心，要趕快去找豹力團，不是嗎？」光榮用右手做出一個握拳、加油的手勢。

來。

「不早說！」寶隆一聽到是豹力團下戰帖，馬上離開窗邊，動身往樓下跑

「你不是要做偵探功課嗎？」光榮取笑著寶隆。

「懲治豹力團，也是我們囧囧少年偵探團的榮譽，不是嗎？」寶隆依然義正詞嚴的說道。

「YES！」這時候，囧囧少年偵探團的成員們，發出一樣的口號，準備接下豹力團的戰帖。

第二章　網咖

會讓寶隆這麼開心赴約的「戰帖」，就是豹力團的三位成員下的，要囧囧團到網咖來，豹力團會教他們什麼叫做「線上聖戰遊戲」，這是豹力團和囧囧團這一陣子最迷的線上遊戲，可以幾個人組成一隊，然後互相對打。

「說什麼大話？他們竟然要告訴我們什麼叫做聖戰嗎？」寶隆冷冷的從鼻子哼出一聲。

「你看這個戰帖。」麗婷把豹力團的戰帖拿給寶隆看，聽說是今天早上塞進麗婷家的信箱。

「說我們是一身爛瘡的流浪狗？」寶隆看了戰帖，覺得豹力團這三個傢伙簡直就是「欠修理」。

「就是嘛！豹力團那三隻病貓，畫豹不成反類貓，哈哈哈……」光榮也說一定要在聖戰當中，好好的「教訓」豹力團那三隻病貓。

外人如果聽到囧囧團和豹力團描述對方，可能會以為他們互相是有深仇大恨的敵人，其實他們六個人好到不行，只是很愛玩這種「聖戰」的遊戲……不

管是在網路，或是真實的世界。他們非常享受這種捉「隊」廝殺的戰爭，特別是可以朝對方叫囂。往往兩隊開罵時，會講到自己都覺得很誇張，捧腹大笑個不停。

以前線上遊戲還不流行的時候，囧囧團和豹力團都是玩「實戰」，就是到三合院那裡「扭打」。但是自從有一次，嚴媽媽看到麗婷跟一群男生打成那樣，氣到立刻把她帶回家禁足一個禮拜，兩團人就決定要另外開發戰爭遊戲。

有一陣子，他們很迷到超級市場去，就是將一個人丟進超市的推車，兩團人將自己團的推車往前推，兩輛推車互撞。囧囧團和豹力團玩這個也玩得很開心，在推車上的那位，為了保護自己，都會抓好幾條衛生紙，把自己的周圍塞滿，當作安全氣囊來防震。好景不常，最後也被超市的員工盯上，只要兩團人一到達超市，就有工作人員「隨行在側」。

線上遊戲則是豹力團的毛國林建議的。他很小的時候，醫生爸爸就買了一台蘋果電腦給他，家裡的電腦設備好得不得了，什麼最新的線上遊戲，他總是立刻得知，馬上上手。

最早，豹力團是在毛國林家，囧囧團則在孫光榮家，兩團人這樣隔空對打，也是玩得不亦樂乎。後來，他們發現在網咖一起玩更好玩，他們可以在裡面邊玩邊嗆，更能增加這種戰爭的樂趣。

不過，這麼一來，團員們的家長可都有意見了……原因很多，但是歸納起來，首先，他們就是不喜歡網咖那個環境。

「我真的不知道，家裡的電腦比網咖還好，你還要上網咖去打電動，這說不過去吧！」毛國林的媽媽不明白的問著兒子。

「媽啊！我們家的電腦比網咖好，但是網路沒有網咖快！」毛國林跟媽媽這樣說道。

毛爸爸聽不下這個理由，搖搖頭說：「你可不要欺負你媽媽是個電腦白痴，家裡的網路怎麼可能比網咖慢？我們家用的頻寬不低，網咖還那麼多人一起用網路，速度一定會拉下來的，你這樣說非常不老實喔！」

「有啦……有啦……真的有……快一點！」國林覺得有點心虛，硬要在嘴巴上逞強。

「那何必去網咖呢？那裡看起來老是暗暗的，我不放心你去那種地方。」毛媽媽真的非常不喜歡自己兒子去網咖。

「可是，一起在網咖玩線上遊戲，真的比較好玩，我們分開來，各自在自己的家裡，就沒有那麼好玩了。」國林跟媽媽撒嬌，要媽媽准許他去網咖，跟豹力團、囧囧團一起玩。

「如果那樣，我就在我們家，找一個房間放上六台電腦，讓你們什麼豹團、囧團的朋友一起來玩，這樣總可以了吧！」毛媽媽覺得與其擔心，倒不如讓孩子都待在家玩，她也可以盯著。

「喔……這種方法，妳也想得出來喔！」國林在客廳裡嚷嚷，他覺得媽媽真的太……太落伍了，這種玩法也想得出來。

「妳在家裡擺上六台電腦，就算擺上十台，我朋友也不會來家裡玩的！」

國林垂頭喪氣的說道。

「為什麼不玩？電腦就是電腦，有什麼不一樣嗎？要不然網咖買什麼牌子，我就照著買那個牌子，不行嗎？」毛媽媽不明就理的問道。

「啊……妳不明白的。」國林覺得跟媽媽解釋這個，簡直就是無解，也就懶得跟媽媽再說這個話題了。

另外還有一個最重要的原因，讓團員們的爸爸、媽媽，可以理直氣壯的反對，就是開在網咖旁邊的紅玫瑰理容院，這家理容院傳說是有色情營業的場所。坦白說，附近的鄰居也沒人去過紅玫瑰，可是他們的裝潢，就是一看就讓人知道是那種地方。

「夏警官也真是的，怎麼都沒有取締紅玫瑰成功呢？」兩團的團員們常常這樣抱怨。因為他們六個人在網咖打電動時，常常看到警察局的人跑來，總是不少人站在紅玫瑰的門口，也會有警官在裡面盤問。

「為什麼常常有警察去，可是那個紅玫瑰還是關不了？這樣我們的爸爸、

媽媽就有理由說，去網咖不好，旁邊有一家色情店，那種出入複雜的地方不要靠近，你們還是乖乖的在家，不要去網咖。」麗婷這麼說道。

囧囧團和豹力團還結伴到警察局去請教過夏警官。

「我們也很想取締成功，但是每次去，都沒有抓到色情營業，而且用別的名目開罰單，他們也都照繳，警察也沒辦法。」夏警官無奈的表示，他們也有他們的苦衷。後來國林還安慰著所有人說：「花無百日紅，我相信紅玫瑰一定會謝掉、關門的。」

「真有詩意！紅玫瑰愛你喔！」囧囧團的人糗著國林。

「你們這些瘌痢狗！」國林惱羞成怒的開罵。

毛國林會這樣生氣，是因為他們兩團人一起去網咖時，經過紅玫瑰那家店，裡面的「小姐」都還會跑出來「看帥哥」，看國林這個大帥哥。

「小帥哥，別去網咖嘛！來我們紅玫瑰坐坐啊！」裡面的「小姐」總是對國林招手。

「坐坐耶！」

「毛國林，你真的是艷福不淺！」

「紅玫瑰愛你喔！」

這時候囧囧團的成員，就愛用嘲弄的語氣，揶揄著國林受紅玫瑰店裡「小姐」們的歡迎。

「他叫毛國林啦！」寶隆還曾經對裡面的人，介紹國林的名字。

「喔！原來小帥哥叫做小國林啊！」裡面有一位「小姐」嗲聲嗲氣的這麼說道。

「哈哈哈……」

「小國林！」

「哎喲我的媽啊！」

這次爆笑出來的不只是囧囧團，連豹力團的林哲緯和陳文聖都笑到停不下來，只有毛國林一個人滿臉悻悻然。

「你們玩好了！我回家去了！」國林看到兩團的朋友都這樣取笑他，那天當場就要回家。

「不要這樣啦！國林，都來網咖了，就好好玩嘛！」哲緯和文聖硬拉著國林留下來。

「不是……是小國林啦！」囧囧團則是笑到眼淚都流出來了，還要捉弄一下毛國林。

從那以後，囧囧團就很愛拿紅玫瑰這間店來揶揄國林。其實毛國林本來就是附近有名的帥哥，濃眉大眼的，從幼稚園開始，常常就有女生慕名來看他，這也讓國林非常重視自己的外表，附近鄰居都叫國林為「黑狗兄」。

只是被紅玫瑰的「小姐」這樣說，國林總覺得全身起了雞皮疙瘩一樣，難過到了極點。

國林的愛漂亮，連麗婷都看不下去。

「喂！毛國林，你的頭髮是塗了幾瓶的髮雕啊？」毛國林相當注意外表，所有的外表當中，他又最注意自己的瀏海，每次出門前，一定要把那些瀏海用髮雕「擺」好。

「豹力團的老大，要梳妝得這麼好看，是要去給紅玫瑰看的嗎？」前去網咖迎戰的囧囧團，在路上看到豹力團，當場就拿出紅玫瑰來挫挫豹力團隊長國林的威風。

「不是，是因為要打贏囧囧團的三隻臭狗，只需要用到小拇指的力氣，所以本隊長閒得要命，沒事做只好來整理頭髮了！」國林被揶揄的次數也多了，現在紅玫瑰的話題完全沒辦法動搖他的自信，反而會借力使力來嘲笑囧囧團。

「喔！是這樣嗎？我們根據線報，豹力團為了跟我們囧囧偵探團迎戰，昨天晚上嚇到尿褲子了呢！」孫光榮站上前去誇張的說道。

「偵探團是沒有犯人可以餵奶，就來關心有沒有人尿床嗎？」黑白無常哲緯和文聖也站出來護衛隊長。

「長滿虱子的臭貓！」寶隆聽到有人拿神聖的偵探工作來開玩笑，忍不住

罵了出來。

「對啊！我們的大偵探李寶隆，怎麼會有空來關心我們這種小老百姓呢？他不是應該在沉思如何防止犯罪嗎？」國林取笑著寶隆。

「可能本區的犯人都跑光了，大偵探無用武之地，只好來跟我們玩囉！」黑白無常在那裡陪唱雙簧。

「夠了！我可是真的破過案的偵探，不是三腳貓功夫的冒牌貨！」寶隆氣急敗壞的說道。

「是沒錯，但可能從此會成為絕響，本區應該不會再有人犯案，李大偵探和囧囧團都要失業囉！」

「那應該把囧囧少年偵探團的招牌拆下來才對！」

「是啊！要不然會淪為笑柄。」

豹力團還沒進到網咖，就開始「備戰」，先用嘴巴來個下馬威。

「囧囧團還是偵探團，不會因為你們亂說而有所改變的。」寶隆抬起下巴，驕傲的看著豹力團。

「這麼跩啊？那等等在聖戰遊戲分出高下喔！」國林擺出一個拿槍的手勢，朝囧囧團做發射子彈狀。

「好啊！你家的電腦很好，可是玩聖戰遊戲的技術不好，我們囧囧團何必害怕呢？」麗婷換成兩手拿槍的手勢，對國林狂掃虛擬子彈。

「本區有名的野丫頭，等等看妳還敢不敢囂張？」國林吆喝著兩團人，趕緊進到網咖來「決一死戰」。

只見到六個人走進網咖，分別在兩區各開了三台電腦，就快速的拿起耳麥掛上，開始上線打遊戲。

「麗婷、麗婷，從右翼攻擊。」孫光榮指揮著囧囧團的成員，因為他玩電動玩得最好，這樣的「聖戰」，囧囧團總是由光榮負責調度。

「收到、收到，馬上轉往右翼。」

「寶隆、寶隆，後勤補給準備好沒？」光榮在耳麥裡面問道。

「糧草齊全，報告完畢。」寶隆回答道。其實在網咖的密閉空間裡，誰說些什麼都聽得見，只是既然玩遊戲戴上耳麥，就要有個樣子，囧囧團和豹力團都是這樣子認為。

「豹力團，要把那些長滿膿瘡的臭狗都一網打盡，送到流浪狗之家。」豹力團的隊長國林，故意在耳麥裡大聲的說道，但是他的聲音，在網咖裡面還會飄盪著回音，這明明是說給囧囧團聽的。

「囧囧團，我們要把假貓團都擊斃，把他們掛在樹上展示，大家說好不好？」光榮也不甘示弱，當場嗆聲。

「好！」

「加油！」

「把他們殺個片甲不留！」

兩團人開始叫囂，也分不清楚到底是那一團的聲音，反正兩邊都開始進入線上對打。

玩了一陣子，看起來是豹力團佔了上風……

「囧囧團的招牌要換成流浪狗之家了！」國林不僅線上聖戰要贏，他連嘴巴上都要說贏囧囧團。

「你們贏的只是這一時，等等我們就扳回來了！」輸最多積分的麗婷，還在做最後的掙扎。

「哈哈哈！」

「長滿膿瘡的臭狗們！不要跑啊！不要尿遁啊！」只聽到國林在網咖店裡放肆的狂笑著，他好像很滿意目前的戰況。

這時候網咖的門開了，但是囧囧團和豹力團都無心抬起頭來注意。

「誰是長滿膿瘡的臭狗啊？要不要去給獸醫看看呢？」就看到毛媽媽一把抓住毛國林的襯衫領子，要把他拎回家去吃晚飯。

「媽媽……我們快打贏了！」國林大聲的在網咖哀號著，天色漸黑的傍晚，回音聽起來有點淒涼……

第三章　惡夢

這樣尷尬的場景常常發生在囧囧團和豹力團的身上，他們常常有這樣的疑問：「難道不吃晚飯會死嗎？」

尤其每次「戰況」最激烈的時候，他們的爸爸、媽媽總會像不定時炸彈一樣的出現，然後把他們揪回家去。之前，兩團人的家長還會找團員的兄弟姊妹到網咖來叫人回家，後來發現這招根本沒用，因為那些來叫人的兄弟姊妹，最後就是一起坐下來打電玩。逼得家長們只好自己親自出馬。

毛國林哀求的跟媽媽說：「我就快全部殲滅囧囧團的那些瘌痢狗，媽媽讓我再玩一下子，好嗎？」

「每次都說一下子，你的一下子非常有可能玩到半夜去。」毛媽媽一點都沒有要放手的意思。

「這樣很丟臉啦！」國林在網咖抱怨著。

「哈哈哈……」此話一出，不只囧囧團和豹力團的成員，所有在網咖玩遊戲的年輕人都笑了出來，大家理解的紛紛點頭。

「你會覺得丟臉？我才覺得丟臉呢！每次要到一堆小鬼在的網咖，把我兒子抓回家吃飯，我才覺得臉不知道要往哪裡放呢！你不肯跟我回去，好！我就自己回家，等等換你爸爸來找你，你看你要跟哪一個回去！」義憤填膺的毛媽媽這麼對國林說道。

「好啦！好啦！我跟妳走就是了！」只要提到毛爸爸，國林就知道「厲害」，馬上離線準備跟媽媽回家。

「今天就放過你們，下次看我怎麼收拾你們這群骯髒的流浪狗！」臨要回家的國林，還不忘對囧囧團「嗆聲」。

「我說你這個國中生，我們也是好好的在教育你，為什麼開口閉口都是一些不堪入耳的話呢？」聽到國林的「嗆聲」，毛媽媽立刻教訓起國林。

囧囧團的人心裡已經笑到不行，而且要笑又不敢在毛媽媽的面前笑出來，憋得相當難過。

「毛媽媽，那您慢走喔！我們也要趕快回家吃飯了，謝謝毛媽媽來提醒我們該離開囉！」麗婷馬上賣起乖來，國林聽到這番話，狠狠的瞪了她一眼。

「女孩子真的比較貼心，我真希望我生了一個女兒。」麗婷的話對毛媽媽來說很管用，她馬上對麗婷報以微笑。國林就被毛媽媽拎著衣領，像隻心不甘情不願的小狗，被自己媽媽從網咖拖了回去。

「好吧！那今天的戰局就到此為止，沒有分出勝負。」本來很擔心戰局的光榮，看到國林被「架」走，也順勢說要結束今天的對抗賽。

「爛透了，本來都要完全打趴你們，結果殺出個毛媽媽來。」黑白無常兩個人在那裡埋怨著。

「哎喲！毛媽媽比最厲害的武器還要兇猛！一出手，國林就掛了！」麗婷看到毛媽媽走了，就「恢復本性」，開始嘻皮笑臉的取笑國林。

「夠了！真是夠了！妳真的很狗腿，剛才在毛媽媽面前裝得那麼乖，害我們老大被罵得這麼慘。」黑白無常兩個人替自己的隊長叫屈。

「兵不厭詐，你們不知道嗎？這也是我們聖戰的一環，這種戰略可是莫測

高深，不是你們這種小嘍嘍可以想像的！」麗婷得意洋洋的取笑林哲緯和陳文聖。

「最是凶狠女人心啊！」黑白無常自愧弗如。

「那我們就回家了吧！」寶隆宣佈著。

「好啊！就解散囉！真的也該回家吃飯了。」光榮附和著。

一群人都往網咖外面走，只有麗婷動也不動的坐在位置上繼續玩著別的線上遊戲。

「麗婷，妳不一起回家嗎？」寶隆好奇的問著麗婷。

「我媽媽今天會比較晚煮飯，等等晚點我再回去，反正遊戲時間還沒有結束，我玩一陣子再走。」麗婷說道。

「那好吧！我們先走了，也該回家吃晚飯囉！」寶隆點點頭，然後跟光榮和黑白無常一起離開網咖。

「不好意思，說謊了，我等等還有事啦！」麗婷在心裡這樣說著。因為出門前，媽媽有囑咐麗婷去藥妝店買些衛生棉，麗婷要走的方向跟那群男生不一樣，而且她也不知道該如何跟那群大男生說，只好亂講一個理由，等他們離遠點，她再往反方向走。麗婷買完衛生棉後，沿著原路回家。經過網咖時，她想到剛剛毛媽媽在緊要關頭抓住毛國林的樣子，麗婷忍不住咯咯笑出來。

這時候天色已經滿暗了，麗婷走過網咖，又經過紅玫瑰理容院，走到理容院旁邊的小巷子前面，突然看到有一團東西倒在巷子裡。

「什麼啊？」麗婷好奇的走過去，結果……

「啊……」麗婷發出淒厲的叫聲，她看到……有具屍體趴在地上，而且後腦杓還殘留著著血跡。

「怎麼會有屍體呢？」麗婷大叫著，然後趕快衝回家去。一進門，麗婷把衛生棉丟在椅子上，然後結結巴巴的說：「爸爸、媽媽……」

「怎麼了，寶貝女兒，慢慢說！」嚴爸爸、嚴媽媽看到麗婷臉色慘白，他們也跟著緊張起來。

「有……有……有屍體。」麗婷顫抖的說。

「什麼屍體啊？怎麼會有屍體？」嚴媽媽驚嚇的問道。

「就是……就是……啊！不行……我應該先跟……夏警官說……」麗停頓時想起警察局的工作。麗婷拿起電話筒，撥到警察局，剛好接電話的人就是夏警官。麗婷用著發抖的聲音說：「夏警官，我是麗婷，有……有……屍體啊！」

「麗婷，怎麼會有屍體？妳在哪裡？」夏警官緊張的問著。

「我在家裡！」麗婷回答。

「妳家裡怎麼會有屍體？」夏警官大聲的問道。

「不是我家，是……是在紅玫瑰理容院旁邊的巷子。」麗婷跟夏警官描述了一下她看到的情況。

「好！妳好好的待在家裡，我帶員警去那裡查看一下。妳不要亂跑出去，就好好的待在家裡，知道嗎？」夏警官叮嚀著。

「好，我會的。」麗婷說這話時，嘴唇還在顫抖。

「妳爸爸、媽媽在旁邊嗎？」夏警官問起。

麗婷把電話筒交到媽媽的手裡，只聽到媽媽不斷的點頭說「是」，然後把電話掛上。

「夏警官說，要妳好好的在家裡，他等等去現場看過再打電話來我們家。」嚴媽媽對麗婷這麼說。

麗婷整個人就是一副心神不寧的模樣，不斷的在家裡踱步著，一刻也沒辦法好好的坐在椅子上。

「麗婷，吃點飯吧！妳什麼都不吃，爸媽會擔心的。」嚴爸爸看到寶貝女兒這個樣子，他好不心疼。

麗婷搖搖頭，說吃不下。

「那要不要看電視，看電視好了，遙控給妳。」嚴爸爸把電視遙控器硬塞到麗婷的手上。麗婷好像很無奈的打開電視，但是轉來轉去，完全沒辦法定住

在哪一台，好好的看電視。

「鈴……」電話鈴響起，全家人的神經都緊繃了起來，嚴媽媽緊張的把電話筒拿起來。

「是的，夏警官。」果然是夏警官打來的，只見到嚴媽媽眉頭深鎖。

「這樣嗎？喔……好的。」嚴媽媽掛上電話，轉頭對麗婷說：「夏警官去到妳說的那條巷子，說什麼都沒有。」

「怎麼可能？我真的看到一具屍體在那裡。」麗婷難以置信的說道。

「夏警官說，他們還去盤問了紅玫瑰理容院的人，沒有人看到任何的異狀。」嚴媽媽轉述夏警官的說法。

「不可能吧！」麗婷連忙搖頭。

「沒關係的，寶貝，妳就不要管這檔子事情。這是夏警官要去煩惱的事，妳又沒有領警察局的薪水，也盡到一個好國民的義務，在第一時間把自己看到的通知警方，這樣就夠了。」嚴爸爸安慰著麗婷。

麗婷現在卻是怎麼想都想不通。在警察局掛上電話的夏警官，也是怎麼想都想不通。他剛剛沒在電話裡頭說清楚，其實他們去紅玫瑰理容院時，那裡的人得知是個學生報的案，還跟夏警官回說，那可能是死小孩的惡作劇。

「會不會真的是那個目擊者的惡作劇呢？」跟隨夏警官前去偵查的警員問道。

「不會，那個孩子調皮歸調皮，還算是一個好孩子，不會做這種無聊的事。」夏警官這麼說。

「而且，大家記不記得，她就是那個囧囧少年偵探團的一員，他們上次報案的珠寶竊案，剛開始我們也誤判，以為是那三個小孩在搞鬼、惡作劇，結果他們真的破了個大案。」警察局裡另外的警員說道。

「是啊！她不會開這種人命關天的玩笑，我覺得事情有點不尋常。」夏警官同意的點了點頭。

「但是我們警方辦案講求的就是證據，她說有屍體，那裡的確沒有，我們

也沒辦法多做什麼。」警員認真的說著。

「是啊！這我當然知道。」夏警官點了點頭。

夏警官這時候，卻有點擔心起麗婷的安危。如果這真的是起兇殺案，只是兇手將屍體藏了起來，那麼麗婷就是目擊了兇殺案的現場。那個兇手應該有看到麗婷，想到這裡，夏警官的頭皮就發麻了起來。而這個時候，嚴家聽到夏警官的說明，他們同樣想到了這點，很擔心自己女兒的安危。

「妳最近少跟寶隆和光榮去玩那個什麼打仗的遊戲，這一陣子就好好的待在家裡，知道嗎？」嚴媽媽開口了，嚴爸爸也表示贊同。麗婷則是少見的不反駁，而是乖乖的點頭。

「今天就早點休息，不要弄到太晚，好好的睡個覺。」嚴爸爸叮嚀著麗婷，麗婷真的早早上樓到自己的房間。

「麗婷的爸爸，我們也要多注意家裡的安全，明天去買個防盜器裝在家裡幾個出入口吧！」嚴媽媽緊張的提醒嚴爸爸。

「我也正打算這樣，誰曉得到底有沒有兇手？也不知道那個人有沒有看到麗婷？」嚴爸爸憂心忡忡的說道。

「希望真的像夏警官他們所說的，我情願是我們女兒眼花，我帶她去配副眼鏡都好。」嚴媽媽直搖頭的說。

可是消息傳得可真快，馬上寶隆和光榮就跑來嚴家了。

「嚴媽媽、嚴爸爸，聽說麗婷看到一具屍體了？」寶隆在家裡聽鄰居說到有人看到屍體，而且還是麗婷，他馬上打電話給光榮，兩個男生立刻直奔嚴家。

「是啊！可是夏警官他們去紅玫瑰理容院旁邊的巷子時，什麼都沒有看到。」嚴爸爸解釋給兩個大男生聽。

「我們可以找麗婷嗎？」寶隆一聽到屍體，整個偵探的神經都緊繃起來，馬上呈現備戰狀態。

「我們要她先上樓休息，今天不要再找她了。」一向開明的嚴爸爸，少見

的回絕寶隆和光榮。

「這陣子也不要找我們家麗婷玩什麼戰爭遊戲，讓她好好的收收心。」嚴媽媽想藉這個機會，也管管麗婷。

「好的，嚴爸爸、嚴媽媽，那我們回去了，請幫我們向麗婷問好。」光榮立刻這麼對嚴家父母這樣子說。

「我真的很難過，我情願看到屍體的是我，而不是麗婷，希望她不要被驚嚇到才好。」寶隆「由衷」的這麼說，然後和光榮一起離開嚴家。

寶隆說的不是客套話，他真的希望看到那具屍體的是他。「像我這樣具有偵探素養的人，看到屍體總是能比麗婷多歸納些資訊出來。」寶隆打從心裡這麼想著，他同樣也是擔心麗婷的安危。

麗婷其實也在樓上聽到寶隆和光榮的聲音，但是她連下樓的力氣都沒有，只想躲在被窩裡。

「還是趕快洗澡、睡覺好了。」麗婷這麼想著。

可是那天晚上，麗婷睡得非常不安穩，她半夜還做了個大惡夢……

「不要抓我、不要抓我……」麗婷在夢裡哭喊著。

聽到聲響的嚴爸爸、嚴媽媽，立刻衝到麗婷的房間，看到女兒佈滿淚水的臉龐……

「麗婷，醒醒啊……醒醒啊……」嚴媽媽搖著麗婷。

麗婷從惡夢中驚醒，看到熟悉的爸媽，忍不住抱著他們兩個痛哭說：「爸爸、媽媽，我好害怕喔！」

「不怕、不怕……」嚴爸爸安慰著麗婷，自己說著也哽咽了。

「爸媽就在這裡陪妳，妳安心的睡覺，爸媽不會離開妳身邊的，知道嗎？」嚴媽媽趕緊拿毛巾幫麗婷把一臉的汗水和淚水擦乾。

麗婷這才安心的睡去。

而看著麗婷熟睡的嚴家父母，此刻卻再也沒辦法安心下來，兩個人一整晚徹夜難眠。

第四章　臨檢

寶隆最近在臉書上認識一個偵探的同好「華醫生」，他們兩個常常會一起討論偵探的相關問題。

「他叫華醫生，我叫李醫生！」寶隆在臉書上是匿名，叫做李醫生，他當時想到的就是福爾摩斯裡面的助手華生醫師，沒想到有人匿名是「華醫生」，於是就跟這個人結為朋友。

「華醫生，你覺得我的朋友真的看到了一具屍體嗎？難道不是她眼花？」寶隆從麗婷家出來，馬上回家上網跟「華醫生」討論起來。

華醫生和寶隆都覺得麗婷真的目擊了一樁命案，只是兇手在麗婷離開的這段時間把屍體隱藏起來了。

「我在偵探書籍上面有看到，有一種血液還原劑，假如那裡有過血跡，即使當事人把現場處理得很乾淨，滴上血液還原劑，還是會呈螢光反應。」寶隆這麼說道。

華醫生則說：「我也知道這樣的東西，但是這沒有辦法列為直接證據，因

為那只是表示現場有過血液，連是動物的血還是人血都沒辦法具體解釋。」

「不過可以當作辦案的參考。」寶隆說道。

「是啊！但是你有門路弄到那東西嗎？」華醫生問著寶隆。

「沒有。」寶隆打出這兩個字時，在電腦前面嘆息。華醫生在聊天室裡，也掛上嘆息的小圖案。而在警察局裡的夏警官，他也想到了這點，只不過他這個轄區沒有這樣的藥劑，除非是到中央的刑事警察局鑑識科，才弄得到這樣的測劑，可是……

「先決條件是，我要先能證明這是一樁命案。」夏警官自言自語的說道，他覺得這簡直是一個類似雞生蛋、蛋生雞的問題。

「只能多加臨檢紅玫瑰理容院了！」夏警官這麼想著，因為他覺得那條巷子緊挨著紅玫瑰理容院，只有紅玫瑰的嫌疑最大。

「而且紅玫瑰出入份子複雜，比較有可能發生這樣的事。」夏警官的分析是如此，於是他就帶著員警前去臨檢紅玫瑰。

「哎喲！警察先生，你這樣常常臨檢我們紅玫瑰，讓我們懷疑，是不是要送錢給警察局呢！」紅玫瑰裡面的人常常揶揄夏警官。

「我們不是要錢，而是有線報，當然要依法搜尋。」夏警官說道。

「一個皮孩子說看到屍體，警察就當真，這樣警察不是要累死嗎？」紅玫瑰理容院裡的員工都這麼說。夏警官淡淡的笑了一下，不過還是繼續這樣子做。另外一方面，寶隆和光榮也跟豹力團那三位碰了個頭。

「就是我被我媽抓回去的那天嗎？」國林難過的問起麗婷的事。

「是啊！就是那天，麗婷比較晚走，才一個人看到那具屍體。」寶隆對豹力團說明道。

「唉……怎麼會讓她一個女孩子看到呢？如果換成我們五個中的一個，可能我心裡會好過點。」國林感到很抱歉，其實這五位大男生，平常「打仗」時，總是很愛用挑釁的語氣激怒對方，不過私底下都算是有風度的小男人。

「有去看過她嗎？」黑白無常問道。

「沒有，她爸媽要她多休息，而且聽說麗婷自從看到那具屍體之後，就常常做惡夢。」光榮皺著眉頭說。

「一定會的。如果是我看到，應該也會做惡夢。」國林同意的點點頭。

「可以幫得上什麼忙嗎？」豹力團三個成員異口同聲的說。

「現在還沒有想到。」寶隆搖搖頭。

「你們不是囧囧少年偵探團嗎？」

「都沒有對策嗎？」

「這次是你們的成員看到屍體耶！」豹力團的人你一言、我一句的問著寶隆和光榮，已經到了「逼問」的地步，非常咄咄逼人。

「夏警官呢？」看到不發一語的寶隆和光榮，國林覺得不要指望這兩個傢伙了，轉而問起夏警官。

「聽說就是常常去臨檢紅玫瑰。」寶隆探聽來的消息是這樣。

「希望一舉消滅紅玫瑰理容院，還我們這裡一片安寧。」國林這麼盼望著，其他四個男生也猛點頭。

「如果有需要我們幫忙的地方，請不要客氣。」國林很有風度的說。

「當然，一定不會放過你們。」寶隆這麼說。那天回到家裡，寶隆突然想去「撈」一下爸爸的萬能鑰匙。他到爸爸的工作台上翻啊翻的……

「找什麼呢？」李爸爸看到寶隆在翻箱倒櫃的，從他身後拍他一下。

寶隆整個人嚇了一跳說：「是……是……是想跟爸爸借萬能鑰匙。」

「萬能鑰匙？做什麼用啊？」李爸爸挑著眉問了一句。

「不……不……不喜歡門鎖著。」寶隆偷用了麗婷表舅的話。李爸爸哼的一聲，另外拿出一瓶像指甲油的東西。

「爸爸，我要的是萬能鑰匙，你這是什麼？」寶隆反問爸爸。

「血液檢測劑。」李爸爸簡單扼要的說，就把測劑塞到寶隆的手裡。

「你怎麼會有這個？」寶隆不敢相信血液檢測劑得來全不費功夫。

「不喜歡有不清楚的事情。」李爸爸還是回答得簡單扼要。

「爸……你……不會是華醫生吧？」寶隆開始懷疑起臉書上的華醫生就是自己家裡的爸爸。

「什麼華醫生？說我是福爾摩斯還比較對！為什麼我要當福爾摩斯的助手？」李爸爸笑說。

「喔！沒有、沒有……對，福爾摩斯，對。」寶隆把這瓶測劑緊緊的抓牢，深怕被爸爸又搶了回去。寶隆最近愈來愈懷疑爸爸，他這個人又有萬能鑰匙，還會有刑事警察局才有的血液檢測劑，來頭好像真的不小。

而且鄰居們大家都說他那隻右眼當年之所以會受傷，就是辦案所造成的，可是他以前到底做過什麼呢？寶隆最想調查的人其實就是自己的爸爸，無奈爸爸有夠神祕，怎麼問都問不出他的底細。

「爸爸算是來路不明的人嗎？」寶隆在心裡問著自己。

「快去找出自己想知道的答案吧！」李爸爸這麼對寶隆說，寶隆當然知道他指的是麗婷看到屍體的那件事。

「爸爸不反對我當偵探囉？」寶隆好奇的問道。

爸爸突然靜默不語，但是過了半晌，他還是開口說了：「還是不鼓勵，只是這件事有點嚴重，如果真相不水落石出，麗婷會有危險，她是我們從小看著長大的，像是自己女兒一樣。」

寶隆點點頭，跟爸爸說聲謝謝，馬上就衝出去「辦案」。寶隆先到光榮家，從網路上招集了豹力團一起去紅玫瑰旁邊的巷子。

「你弄到血液檢測劑了？」國林興奮的問著寶隆。

「是的！」寶隆得意洋洋的現寶。

「怎麼弄來的？」光榮好奇了起來。

寶隆不想說出自己的爸爸，只說是神祕友人提供。

「反正你們想當偵探的，就是有這種門路。」國林這次是發自內心，稱讚著寶隆。

「我等等來使用測劑，你們用數位相機裡的錄影功能，幫我全程攝影，好

嗎？」寶隆提議道。

「沒問題。」光榮和國林都從口袋拿出「傢伙」，準備要「蒐證」。

只見到寶隆小心翼翼的在接近麗婷說的巷底，一塊地、一塊地的塗抹血液檢測劑……

「血液檢測劑會不會不夠用？」光榮擔心的問道，其實這也是寶隆的擔心，此時此刻也只能祈求老天爺幫忙了。

「有了……有了……」跟在國林旁邊的黑白無常兩個，首先看到了螢光反應，兩個人非常興奮的嚷嚷。

「真的有！」國林和光榮的「雙機」拍著螢光反應，頓時覺得自己的攝影內容是重要物證一樣，更要小心謹慎的拍。寶隆的額頭上也緊張的冒著汗水，他把血液檢測劑的蓋子栓好，知道接下來的才是重責大任，說不定……

「可能嫌犯正在哪裡看著我們。」寶隆沉重的這麼說。

「沒關係，既然這樣，我們先到網咖去玩一下吧！」國林說要請大家去網咖玩線上遊戲，而且還要大點特點炸雞、飲料。這些人畢竟還是國中生、小學生，聽到國林要在網咖請客，大家二話不說就一群人走了過去。

一大群人在網咖裡吃吃喝喝，光榮趁著寶隆不注意，拿著血液檢測劑猛看，他實在很好奇這到底是什麼東西？

「你放好啦！」寶隆唸著光榮。

「借我玩一下。」光榮死不放手，兩個人就拉來拉去。突然，這瓶血液檢測劑就飛了出去，在網咖的後門附近掉了下去……

「哐啷……」有種「破碎」的聲音響起，竟然……

血液檢測劑在後門那邊打碎了。更奇妙的是……

網咖後門頓時呈現螢光反應，囧囧團和豹力團的五個大男生都面面相覷，搞不清楚這是什麼情況？不過他們都默不做聲，安靜的吃完東西，遊戲時間也還沒結束，就乖乖的離開了網咖。

「那裡怎麼會有血液反應呢？」國林這麼說道。

「就是有血液在那裡。」寶隆皺著眉頭說。

「這表示屍體有經過那裡嗎？」光榮狐疑的問著。

「可是只要是血液，都會有那樣的螢光反應，包括動物的血，我們不能做出這樣的結論。」寶隆對國林這麼說。

「我們今天來這裡的事情，要不要跟夏警官說呢？」國林問著寶隆。

「先不要吧！我們也沒有確切證據，而且我不知道該怎麼跟夏警官說血液檢測劑的來源。」寶隆不想扯出自己的爸爸。

「這樣好嗎？」黑白無常和光榮都這麼問道。

「也沒什麼不好的，我們的確沒有確切的證據，警察辦案有一定的規則，我們是普通老百姓，自由多了。」寶隆說得理直氣壯的。

「好啊！聽寶隆的，他是專業的偵探。」國林這時候對寶隆可是滿臉敬佩，這裡面有超過一半以上的尊敬來自於那瓶血液檢測劑。五個大男生各自回家之後，寶隆一進家門就碰到爸爸……

「怎麼樣？」李爸爸問起。

「有反應。」寶隆點點頭。

「那血液檢測劑還我吧！」李爸爸伸出手來。

「被光榮摔破了。」寶隆不好意思的說。

李爸爸睜大了眼睛，右眼的假眼珠顯得更是恐怖，寶隆馬上說：「不過意外的發現……」

「網咖後門附近也有血液反應。」寶隆說道。

李爸爸不發一語，又過了很久才說：「摔破了血液檢測劑，那個錢可要從你的零用錢扣喔！那瓶可不便宜。」

「爸爸，可不可以當成投資我當偵探？」寶隆聽到零用錢會減少，馬上哀求起爸爸。

「我沒有鼓勵你當偵探的意思。」李爸爸冷冷的說。

「好吧！好吧！我就當繳偵探的學費。死孫光榮，我一定要跟你要回來這

筆錢。」寶隆憤憤的說道。

寶隆一進到自己房間，打開電腦立刻和「華醫生」討論起來……

「愈來愈有趣了！」華醫生感到非常有意思。

「可是只是有血液反應，可能當時網咖後門有隻狗死在那裡啊！」寶隆這麼說道。

「這年頭也沒有多少狗會死在家裡，而且還要流出血來。」華醫生在螢幕上這麼打字著。

「的確也是。」寶隆同意。

「反正紅玫瑰理容院和網咖的人都有重大的嫌疑。」華醫生這麼認為。

「我知道。」寶隆也同意這個論述。

「還有一件事，那個網咖是二十四小時營業嗎？」華醫生問起寶隆。

「沒有，這個網咖跟一般的網咖不一樣，是早上八點到晚上十點營業，營業時間比較短。」寶隆熟悉的說道。

「為什麼呢？」

「據說是其它時間上門的人也不多，扣掉水電和工讀生的錢，反而是賠本在做，於是營業時間就縮短。」寶隆也好奇過這件事，問過網咖的工讀生。

「這就奇了，網咖不是愈晚人愈多嗎？」華醫生反問。

「我們這裡比較不一樣，可能父母都會到網咖抓人。」寶隆的腦海中，馬上浮現國林被毛媽媽逮到的模樣。

「不尋常之處必有詐。」華醫生打出這句話。

寶隆並沒有在螢幕上多打些什麼，但是他心裡在想：「華醫生不知道我們這一區的爸爸媽媽都非常厲害的！」

第五章　怪婆婆

麗婷和囧囧團及豹力團「隔離」了兩個禮拜，她已經開始在家裡坐不住了。

「爸爸媽媽，我可以去找寶隆和光榮玩嗎？」麗婷央求著爸媽。

「妳才能好好睡，可不可以安分的在家裡多待一會時間呢？」嚴媽媽看到女兒又開始皮了，真不知道這是要高興還是難過？

「讓她去吧！成天悶在家裡也是會悶壞的。」嚴爸爸倒是替女兒向自己太太求起情來。

「你這個爸爸，她這幾天在家裡，我看了也安心，還在想以後不要讓她像以前一樣往外面到處跑了！」嚴媽媽抱怨起嚴爸爸。

「沒這麼嚴重啦！」嚴爸爸笑著說。

「你怎麼這麼想得開呢？她以後都收不了心，成天想往外面跑，該怎麼辦喔？」嚴媽媽有點惱怒。

「妳女兒就像妳以前的樣子，妳現在還不是好得很！」嚴爸爸揶揄起自己

的老婆。

「我真是會被你給氣死，我在教女兒，你就是會扯我的後腿。」嚴媽媽看著自己的老公，一臉無可奈何的模樣。

「謝謝爸爸、謝謝媽媽。」麗婷一聽到這裡，馬上開心的向外面狂奔，往囧囧團的基地飛奔而去。

「李寶隆，你在嗎？」麗婷在囧囧少年偵探團的招牌底下喊著。

「妳出來了喔？」寶隆和光榮從二樓探出頭來。

「是啊！我爸爸媽媽允許我出來玩了！」麗婷開心的手舞足蹈。

「那太好了！我們馬上去找豹力團算帳，他們鬆懈太久了，需要我們來替他們提振精神。」光榮做出一個勝利的手勢。

「先等等吧！」寶隆制止光榮發簡訊給豹力團，他要麗婷先上來基地，討論點事情。

「大偵探，要問我案情，是嗎？」麗婷問著寶隆。

「妳可以談了嗎？」寶隆細心的問道。

「可以了！本大小姐已經完全好了。」麗婷認真的點點頭。

「聽妳爸爸說，妳剛開始每天都做惡夢，是嗎？」光榮心疼的說。

「是啊！一直夢到看見那具屍體。」麗婷苦笑著說。

「我們後來證明妳說的沒錯！」光榮像是宣佈一件大事一樣的跟麗婷講道。

「怎麼證明？」麗婷好奇的問著。

「我找了一個血液測劑，在妳說的那條巷子底，發現了血跡反應。妳並沒有看錯。」寶隆慎重的說道。

「真的是這樣……」麗婷若有所思的喃喃自語。

「妳還記得那具屍體是男的還是女的嗎？」寶隆問著麗婷。

「不記得，只知道是頭髮花白的老人，趴在地上，我沒看到臉，就嚇得跑回家去。」麗婷不好意思的說。

「妳的命最重要，趕緊回來也是對的。」光榮一直安慰著麗婷。

「如果當時在現場多看幾眼，或許就不是今天這個狀況了。」麗婷現在有點惋惜的說。

「可是嫌犯可能還在一旁，妳這樣太危險了。」連寶隆都覺得麗婷趕快衝回家是對的。

「怪我自己膽子太小了。」麗婷不好意思的說。

「已經很好、已經很好……」這次寶隆和光榮聯袂鼓勵著麗婷。

「更奇怪的是……」光榮說起來。

「怎麼樣了？」麗婷好奇的問道。

「我們在網咖的後門那裡，也發現了血跡反應。」寶隆說起這個大發現。

「你們是把我們這一帶都檢測過了喔？連網咖後門都知道有血跡反應？」麗婷覺得這簡直是太神奇了。

「是我不小心打翻測劑才發現的。」光榮很想逞英雄，但是知道這瞞不了多久，乾脆坦承算了。

「這代表什麼呢？」麗婷不明白的問道。

「只能參考，不能代表什麼。」寶隆也老實的說。

「我不在的時候，豹力團有乖乖的嗎？」麗婷也詢問起聖戰的事情。

「我們這次聯手一起調查那具屍體的事情，豹力團跟我們一塊去做檢測的。」光榮說給麗婷聽。

「好想趕快給豹力團下戰帖喔！」麗婷說道。

「我們先不急著下戰帖，要來練習蛇語。」光榮說起這件事。

「蛇語？什麼蛇語？」麗婷聽得滿頭霧水。

「我覺得我們囧囧團之間要有一種暗號，不要讓豹力團知道，這樣以後打仗時，才比較方便聯絡。」光榮說明著，這也是光榮從同學那裡學來的。

寶隆之前有聽光榮說過，但是他一直沒有放在心上，想說這是小學生的玩意，他這個大偵探用不著。

「好，快教我，聽起來很好玩。」麗婷央求著。看到麗婷這麼有興趣，光榮也像是被鼓舞了一樣，他很得意的說著蛇語的邏輯……

「其實很簡單，就是每個字的後面都加一個蛇，比如說囧囧團，就是囧蛇囧蛇團蛇。」光榮說道。

「太簡單了吧！這樣馬上就會被破解。」寶隆心想：「小學生就是小學生，不可能會什麼了不起的玩意。」

「我本來也這樣認為，可是我聽我同學練得快的，就真的聽不出來他說什麼，但是同伴都會知道，這就變成密碼了。」光榮非常認真的說。

「真的嗎？」麗婷也覺得滿不可思議的。可是光榮把寶隆桌上的一本書拿來唸了一下，唸得非常快，乍聽之下就很像在唱ＲＡＰ。

「也很像語無倫次的時候。」麗婷笑著說道，她覺得只要好好的練習，這真的可以當成他們三個人之間的祕語，旁人聽不懂。

「妳也這樣認為吧！」光榮得意的說。

麗婷點點頭，也要寶隆好好的學。「好吧！捨命陪君子囉！」寶隆勉為其難的答應。

「你蛇真蛇好蛇。」麗婷馬上現學現賣。

「不蛇客蛇氣蛇。」寶隆也入境隨俗。

「真蛇棒蛇。」光榮這是在稱讚自己。

二樓響起一片的笑聲。為了練習蛇語，囧囧團果然暫時沒對豹力團下戰帖，他們希望下次跟豹力團作戰時，蛇語已經可以派得上用場。不過為了逗麗婷開心，好讓她忘記那恐怖的事情，寶隆和光榮弄來了三雙直排輪。

「是下次作戰時，要用蛇語搭配直排輪嗎？」麗婷笑著問另外兩位夥伴，她還想說那兩個男生是存了多久的零用錢，才弄來三雙直排輪。

「是從一個直排輪研究團借來的，不用花錢買。」光榮說道。三個人毫不遲疑的就在附近溜起直排輪。

「我們應該多增加一些實體聖戰，不要老是打網路聖戰，毛國林太厲害了，除非他媽媽來抓他，要不然我們很難打贏他的。」麗婷這麼建議著。

「沒關係，我們還是可以打網路聖戰，只要覺得有可能輸，就趕緊發簡訊給毛媽媽。」光榮建議這樣做。

「這種做法好沒品喔！」寶隆笑著說。

「但是會很快樂！」麗婷舉起大拇指，囧囧團又發出如雷的笑聲。三個人一得意起來，沒注意到路，煞「輪」不及，就撞上了一戶人家的大門，感覺那棟住宅都晃動了起來。

「我們死定了。」麗婷一看到這戶住宅，頓時有點擔心起來。

「怪婆婆會把我們打死。」光榮也發現這是怪婆婆的家了。

原來怪婆婆是這附近相當不好相處的老人家，她特別愛管小孩子。以前還發生過她去糾正小朋友，因為對方很生氣她一直唸個沒完沒了，就反過頭來打怪婆婆的事件。而且大家都說怪婆婆以前年輕的時候是個大姐頭，做人非常狠，從以前到現在都在經營地下錢莊。

「什麼是地下錢莊呢？」麗婷從別人那裡聽到他們這樣形容怪婆婆，還回家問過自己爸媽。

「我爸說地下錢莊就是借錢給別人，但是如果借一萬元，就要還怪婆婆十萬，像這樣收很多利息，這就是地下錢莊。」麗婷這麼對囧囧團和豹力團說過。怪婆婆的脾氣非常不好，又很愛管東管西，這附近的人都因為她是個老人家，先生又過世了，不想跟她計較，這反而讓怪婆婆變本加厲，有時候在路上抓著孩子就自動「訓勉」很久。

「我最怕怪婆婆找我講話了。」麗婷搖頭嘆息，因為怪婆婆會一直重複同樣的事情，她曾經在路上遇到怪婆婆，就被迫聽了她一個小時的囉唆。

「我也是。」光榮同意，寶隆也點頭。不過這次很奇怪，麗婷他們撞上大門，怎麼隔了很久，都沒有聽到怪婆婆的怒罵聲。

「這真是奇了！」麗婷好奇的走到路中間，朝房子裡面看。

「應該在樓上吧！」光榮指著二樓的窗戶，窗簾透著微弱的燈光，好像有個人影在那裡站著。

「是吧！」寶隆也看到那人影了。

「怪婆婆怎麼可能只看不罵啊？」麗婷不敢想像有這回事。

「怪婆婆可能感冒，沒有聲音，就不罵我們了。」光榮覺得這是唯一可能的理由。

「也對，最近感冒的人很多，怪婆婆應該只有這樣，才會閉嘴。」麗婷笑著這麼說。

「怪婆婆，對不起喔！我們不是故意撞到妳的大門的，我們不會再犯了，下次再來找妳玩喔！」光榮大聲的跟二樓的怪婆婆打招呼，也順便道歉。只看到二樓的人影一直站在那裡，好像在觀察囧囧團這三個人。

「怪婆婆怎麼連窗簾都不打開啊？沒聲音也可以露個臉吧！」麗婷覺得怪極了，怪婆婆跟以前都不一樣。

「沒關係啦！她可能怕吹風，要不然門窗怎麼會關得緊緊的。」寶隆替怪婆婆說話。

「是啊！一定是這樣，要不然怪婆婆怎麼會放過訓斥我們的機會呢？一定病得很重，可憐的婆婆。」光榮也同意，還跟窗簾後面的人影揮揮手，然後囧囧團三個人溜著直排輪離開了怪婆婆家門口。

「你們看，怪婆婆一直待在二樓窗邊看著我們呢！」麗婷回頭看的時候，發現了這一幕。

「可憐啊！恨在心裡口難開。」光榮嘻皮笑臉的說。

囧囧團的成員都非常同意光榮的說法，寶隆還說：「可蛇憐蛇怪蛇婆蛇婆蛇。」把蛇語給應用上了。結果一行人回家的時候，遇上了巡邏的夏警官。

「美麗的小妹妹，妳好了啊！」夏警官看到麗婷，趕緊停下摩托車。

「哈囉！夏警官。」麗婷也開心的跟夏警官打招呼。

「我一直很擔心妳，剛剛還想去妳家看妳呢！」夏警官直說，這是心有靈犀一點通。

「咦……」麗婷回過頭去，發出了疑問聲。

「怎麼了嗎？」夏警官問道。

「怪婆婆還在那裡。」麗婷指著怪婆婆家。

「有什麼不對嗎？」夏警官無法理解這有什麼好奇怪的。

「怪婆婆從剛才就一直盯著我們看，站在窗邊不講話的看著我們。這真的是奇了。」光榮也覺得不對勁。

「這有什麼不對的？」夏警官覺得孩子們的問題也很奇怪，老人家本來就喜歡看著孩子。

「怪婆婆怎麼可能光看也不說，不對、不對……光看也不罵人呢？」寶隆邊說自己都笑了出來。

「你們這些壞孩子。」夏警官搖搖頭。這時候囧囧團和夏警官都面向了怪婆婆家，討論著怪婆婆這個人。怪婆婆家二樓的燈突然暗了下去……

「喔！你們看，怪婆婆知道你們這些小鬼在說她壞話，她可能要衝下來一樓，狠狠的來罵你們三個了。」夏警官在那裡添油加醋的。

「少來了，夏警官，你真的很不瞭解怪婆婆。」麗婷嘲笑著夏警官。

「有什麼不對嗎？」夏警官不知道自己說錯了什麼！

「怪婆婆是太累了，要去休息才關燈，她如果要罵人，就會打開二樓的窗戶直接罵。」光榮跟夏警官解釋道。

「夏警官這樣不行喔！當警察這樣觀察力太弱了。」寶隆揶揄著夏警官，他隨即想到，自己不應該拿偵探的標準來要求夏警官。警察是為了賺錢，偵探可是為了「高尚的情操」，是不能相提並論的。

「好吧！好吧！說不過你們三個。」夏警官自己認輸，他說還有地方要巡邏，就坐上摩托車趕緊離開了。

囧囧團三人再看了怪婆婆家一眼，討論著怪婆婆才一陣子不見，變得又更怪了，然後又加速踩著自己腳下的直排輪，往囧囧團的基地邁進。

第六章

豹力團的新基地

這天囧囧團的成員，待在基地裡討論事情，說得正起勁時，突然從窗外丟進一顆「不明物體」進來……

「是兇手來謀殺麗婷的嗎？」混亂之中，寶隆掩護著麗婷和光榮，要他們蹲在桌子下面，他還低聲的說了這麼一句話。

「真的是兇手來了嗎？」光榮囁嚅的問道。

「那顆應該是石頭吧？」麗婷指著丟進來的東西。

「不會是炸彈吧？」寶隆擔心的問道。三個人亦步亦趨的走向那顆「不明物體」，看起來好像包了一層什麼東西在外面……

寶隆遠遠的拿著球棒戳著那顆丟進來的「不明物體」，確定沒事後，才把那顆「不明物體」拿起來。

「是什麼？」麗婷非常好奇的問著。寶隆拿起來，才發現外面那層是紙，原來是字條包在石頭外面，而且還是豹力團寫來的。

「搞了老半天，嚇死人喔！」麗婷咒罵著豹力團那三位。

「是啊！故弄什麼玄虛啊！」光榮也怒罵著豹力團是爛貓團。

「看看寫些什麼？」寶隆把紙條打開。

其實不用打開紙條，囧囧團的人大概都知道豹力團「貓嘴吐不出象牙來」，一定寫不出什麼好字眼。

「反正就是來問候我們的。」寶隆說到「問候」時，還加強了語氣。

「也不會換換台詞。」麗婷笑著說，反正豹力團只會用膿瘡、瘌痢頭這幾個字，國學程度很爛的。

「可是，你們看……」光榮指著最後一段。

「豹力團有了新基地！」囧囧團的三個人異口同聲的說。

「還附上地圖！」麗婷看著歪歪扭扭的地圖，她把那個位置想了一遍，非常疑惑這個豹力團的新基地。沒想到麗婷還沒說出口，寶隆就說了：「那裡不是怪婆婆的古屋嗎？」

「是啊！是啊……」光榮和麗婷也同時想到。

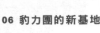

「可是怪婆婆的古屋不是才在討論，可能會被列為幾級古蹟的……」寶隆想起之前爸爸有說到這點。

「我也有聽我爸媽說過。」麗婷同意的點點頭。

「他們怎麼敢招惹怪婆婆呢？」光榮覺得這件事非常不可思議，因為這附近的孩子，最不想牽扯上的應該就是怪婆婆。

「怪婆婆可能真的病得很重，才讓豹力團這樣撒野。」麗婷說道。

「我完全無法理解豹力團在做什麼？想要一個新基地想瘋了嗎？」光榮怎麼想都不對。

「國林可能被毛媽媽逼瘋了，與其被媽媽逼瘋，乾脆直接先佔一個新基地，再被怪婆婆逼瘋也好。」寶隆想來想去，只有這個「歪理」才有可能成立。

「豹力團之前的基地就是毛國林家，毛媽媽一定把他們唸到不想待下去了。」光榮也認同這樣的推理。

「可憐喔！那我們去探望一下豹力團吧！」麗婷建議道，囧囧團的另外兩個人馬上同意。囧囧團一行人走到了古屋……

「這棟古蹟，會不會被豹力團毀了？」麗婷突然問了起來。

「沒關係，毛爸爸是個醫生很有錢，叫毛爸爸來賠好了！這樣怪婆婆可能更高興。」寶隆說常常聽別人提到怪婆婆很愛錢，也因為這樣，怪婆婆才想把這棟古屋編為古蹟，因為修繕費用太多錢了。

「囧囧團的三隻瘌痢狗，你們好！」從古屋裡面傳來毛國林的聲音，還裝得顫抖的樣子。

「可笑呢！」三個人覺得國林真是有夠幼稚的。

「要怎麼樣啦！」光榮忍不住對著古屋裡面吼。

「我們要雪恥。」國林站在古屋的樓頂，在那裡對囧囧團喊話。

「那你們會雪不完的啦！因為你們一身的恥辱，那要怎麼辦？」麗婷回嗆著國林。

「可惡！」國林馬上暗罵了幾聲。

「有種就來古屋抓我們吧！」這回國林和黑白無常都站了出來對囧囧團的三位挑釁。

「進去就進去，反正到時候怪婆婆找我們算帳，我們就把你們丟來的字條給她看，怪婆婆會去找你爸爸要錢的，毛貓貓。」光榮笑著國林，然後囧囧團一行人就走了進去。

「古屋真的很大！」走進去的囧囧團，覺得好像走進迷宮一樣。他們只能跟著豹力團的笑聲，在古屋裡面尋找著他們的蹤影。

「好難找喔！」麗婷抱怨著。

這個時候，豹力團又傳來聲音：「在這裡啊！找不到我們！」

「死傢伙。」光榮怒罵了一聲，馬上朝聲音走了過去，光榮走進一個房間，寶隆和麗婷也隨後進去。就在囧囧團在房間裡面找著豹力團的時候，房間門突然被關上了。

「哈哈哈……」豹力團的人在門口狂笑著。

「你們是要怎麼樣啊？」麗婷不解的問著豹力團。

「我說過了！我們要雪恥啊！」國林邊笑邊說。

「我們老大說，上次被你們看到毛媽媽來抓他回去吃飯，他這次也要讓你們嚐嚐這個滋味。」黑白無常這樣解釋著。

「你是有病喔？」麗婷馬上「問候」起國林。

「我會準備好錄影機，等等你們爸媽來接你們的時候，我一定會整個錄影下來，再寄給你們留作紀念。」國林笑道。

「真是病得很深，有夠病態的。」光榮忍不住搖頭。

「隨便你們怎麼說，我都當你們是在做最後的掙扎，這是雙向鎖，鑰匙留在這個門上，只要你們拿得到。」國林說完，就跟黑白無常往外走，從腳步聲聽得出來，是愈走愈遠了。

「這可怎麼辦？」麗婷緊張的問道，她說這一陣子，爸媽會非常擔心她有沒有準時回家，晚回去的話，爸媽可能會以為她被壞人抓走了。

「這裡跳下去，會不會摔斷腿呢？」光榮看著窗外的高度。他發現這裡雖然是二樓，但是挑高的樓層，高度絕對比平常的二樓來得高，跳下去鐵定骨折，這是毫無疑問的事情。就看見寶隆在這個房間裡面走來走去的，他摸著這裡的材質，還會把東西拿起來聞聞。

「大偵探，你是來鑑定這真的是不是古蹟嗎？」麗婷揶揄著寶隆。

「沒有，我在研究怎麼出去。」寶隆笑著說。

「你的笑容很詭異，難道你已經知道怎麼出去了嗎？怎麼可能呢？」光榮好奇的問著寶隆。

「是啊！我已經知道了。」寶隆笑著直說。

「怎麼出去啊？這裡反鎖，又跳不出去。」光榮覺得寶隆在吹牛。

「快啦！快啦！想到就趕緊把我們都弄出去，我不喜歡待在怪婆婆的地盤，我怕她真的找上門了，那真是就是遇到衰神。」麗婷說道。

「好吧！本來想說待久一點，既然麗婷小姐想出去，那我就來展示一下魔力了。」寶隆笑著說道。

「請幫我拿那些在舊家具上面的鋪的布，好嗎？」寶隆跟光榮這麼說著。光榮就乖乖的拿布過來。只見到寶隆從門縫底下，把那塊布盡量往外面推出去……

「這樣做可以出去得了？」光榮露出不相信的表情。

「當然不行啊！還要配上大偵探的頭腦才行。」寶隆笑著直說。

「有人有帶鑰匙嗎？」寶隆問著麗婷和光榮。

「我有帶我家的鑰匙，沒有帶這棟古屋的鑰匙，難道我家和古屋的鑰匙是互通的嗎？」光榮揶揄著寶隆。

「不是……但是可以借用一下。」寶隆說道。

「怎麼借用啊？」麗婷不明就裡的問著。

「妳看，就是這樣子啊！」只看到寶隆把光榮的鑰匙對著房門的鑰匙孔，從這端往外推出去，結果弄了老半天都沒有動靜。

「咦？」寶隆這才緊張了起來……

「你看，漏氣了吧！」光榮取笑著寶隆，說他這個偵探課程也沒有學好，不同家的鑰匙怎麼可能共用呢？

「再一次吧！」寶隆摸摸鼻子說道。

「我倒要看你怎麼做？」光榮還是難以置信寶隆會有妙招。

「好吧！那你們兩個後退一點。」寶隆看著麗婷和光榮，用手勢示意他們兩個離他遠一點。

「小心喔！」寶隆再次警告著麗婷和光榮，他就開始往那個房間門用力撞，聲響可大了。

「你小心一點，這會成為國家古蹟的。」麗婷緊張的對寶隆說，但是寶隆不為所動，仍然用力撞。

「叮……」這時候聽到某種金屬掉落的聲音。

「好了！」寶隆做出勝利的手勢，還擺出魔術師的姿態。

「快點啦！別玩了！」麗婷要寶隆快點。

「好的！小姐，請看！」就看到寶隆把那塊門縫下面的布抽回來，布上頭就好端端的平躺著鑰匙。

「李寶隆，你真的是個偵探天才！」麗婷高興的叫道。

「真的是鑰匙耶！」光榮也看得目瞪口呆。寶隆把那把鑰匙插進鑰匙孔裡，門馬上就打開了。

「好可惜喔！沒有錄影下來。」麗婷直說要把這段過程錄下來，從網路寄給豹力團。

「好！我贊成！」光榮認同這樣的作法，麗婷也有帶手機。

「那把我反鎖在裡面，我再表演一次。」寶隆笑著說道，麗婷和光榮都認同這樣的做法。

「好的，開麥拉！」麗婷和光榮在門口，把寶隆怎麼把鑰匙拿到、開門的畫面拍了下來。

「這個畫面不好，不夠帥！」麗婷看著手機裡的錄影重播，像個導演一樣的要寶隆重來一次。

「好的，現在是第二次，開……開……開麥拉！」光榮像個助理導演一樣，在旁邊喊著開機。寶隆整個重演了一次，麗婷還是嫌不好。

「喂！你們兩個，我可是貨真價實的偵探，我不是演員耶！」寶隆氣呼呼的說著。

「你當然要表現得很優雅，然後當豹力團那三個人看到這段影片時，才會氣個半死啊！」麗婷說得理直氣壯的。

「好吧！好吧！」寶隆拿麗婷沒轍，只好配合她一直演個不停。結果那天，囧囧團的成員還是搞到天快黑了才回家，開鎖只花了五分鐘，其它時間都在錄影。

「真是有夠累的。」寶隆抱怨著。

「為了呈現美好的畫面。」麗婷非常滿意自己當導演的作品。

「那我們現在要怎麼樣？回家嗎？」光榮問道，他似乎意猶未盡的模樣，很想再做些什麼。

「這樣好了，我們先到國林家去，豹力團應該還在毛國林他家，我們去那裡拜訪毛媽媽一下，看豹力團的人是什麼表情，好嗎？」麗婷自己說得非常得意，感覺已經看到豹力團氣急敗壞的模樣。

「好啊！」這個主意寶隆和光榮都贊同，囧囧團一行人就到毛國林家去了。門鈴一按，出來應門的是毛國林，國林一看到囧囧團這三個人，簡直就像是看到鬼一樣！

「你們怎麼會……」國林整個人都說不出話來。

「你們……」後面跟上來的黑白無常，看到囧囧團三個，也是驚訝到嘴巴都合不攏了。

「我們會奇門遁甲啊！」麗婷非常得意的跟豹力團這麼說。

「國林，你們是怎麼回事，不會邀請人家進來嗎？」毛媽媽無法理解自己兒子看到另外三個朋友，怎麼說起話來結結巴巴的。

「沒有……沒有……」國林還是在無法理解當中。

「快進來。」毛媽媽要門口的三個趕緊進來，她還送來點心、飲料給囧囧團的三位成員。

「毛媽媽做的點心，是我最愛吃的！」麗婷非常會討毛媽媽的歡心，毛媽媽笑得燦爛極了。「這真的是不可思議。」國林則是滿臉詫異。

就看到囧囧團非常享受的跟毛媽媽聊天，而豹力團卻是怎麼也想不明白的樣子，而且很想找機會問囧囧團是如何出來的，但是礙於毛媽媽在，怎麼也不好意思開口。

「那毛媽媽，我們就回家去了，該吃晚餐了。」麗婷的公關做得完美極了，讓毛媽媽直說還是生女兒貼心。豹力團那三個從頭到尾只有吹鬍子瞪眼睛的份。走出毛家，囧囧團可開心的呢！

第七章 鎮團寶物

事後囧囧團還把那天費了許多功夫拍的「破解密室」的影片，貼在網路上，大大的嘲笑了豹力團一頓。

「是誰說要讓我們的父母來找我們的？結果反而變成我們去探望他的父母，真是世事難料啊！」囧囧團這三人湊在一起，寫了一封「文情並茂」的電子郵件，冀望豹力團收到的時候，會……「氣死」。

「我好想在毛國林家裡偷偷裝針孔，這才能把他的表情都一一看清楚。」光榮幸災樂禍的說道。

「聽起來是個好點子！」麗婷也同意。

「這是犯法的，好嗎？」時時以治安為己任的李寶隆，提醒著另外兩位夥伴，千萬別做這種事情。而豹力團收到這封電子郵件後，果然照囧囧團所想的「勃然大怒」，他們這次又「玩」了個大的……

國林死纏爛打從玩古董的爸爸那裡要來了一塊琉璃，並且把它稱為豹力團的鎮團寶物。

「你們看，這上頭有一隻天然的豹形，跟我們手上刺青貼紙是不是很像呢？」國林逢人就說這件事，之前豹力團很愛用手上的刺青貼紙跟其他人打招呼，現在則是很愛現這個鎮團寶物。

「聽說毛國林弄來一個鎮團寶物！」光榮從別的同學那裡聽來這個消息，馬上到囧囧團的基地和其他兩位商量對策。

「上次古屋的事情，我們才佔了上風，這次我們不能在鎮團寶物上輸了。」光榮振振有詞的說道。

「是啊！那是要怎麼樣？我們家也不像毛國林家那麼有錢，沒有名貴的珠寶可以拿來當鎮團寶物啊！」麗婷講到這裡覺得很傷腦筋，她還說如果把她媽媽的珠寶拿來玩，鐵定以後出不了門了。

「那怎麼辦？一個團本來就該有個鎮團寶物啊！毛國林這招想得真的很好。」光榮有點小小的失望，覺得這下子豹力團的氣燄果然要凌駕他們之上了。

「如果……把豹力團的鎮團寶物偷來呢？這樣不是更加嚴重的挫了他們的氣燄，不是嗎？」寶隆想了老半天，迸出這麼一句話來。

「這招……真的是……只有一個讚字可以形容。」光榮忍不住抱著寶隆狂親，讓寶隆哇哇叫著。

「你不要把你的口水都塗在我臉上，好嗎？」寶隆衝到廁所去洗臉，用毛巾擦乾淨。

「這個點子真的很好，那要怎麼偷啊？」麗婷問道。

「反正毛國林是個繡花枕頭，只有那張臉長得好看，想辦法去他家，一定可以弄到他的鎮團寶物。」光榮把國林看扁了，不過……這說的也有幾分可信度，毛國林的確如此。

「好吧！就說去他們家跟他討論電腦的問題，這個他最喜歡的，不是嗎？」麗婷建議。

「好，那我趕快上臉書去邀約他。」光榮立刻坐到電腦面前敲國林，也立

刻得到國林的回應。

「他要我們現在就去……」光榮說著國林的回覆。結果當天囧囧團的三人跑到毛國林家，剛好毛媽媽不在，去機場接自己的妹妹，也就是毛國林的小阿姨，只有豹力團三個人在毛家。說也奇怪，那一整天，任憑囧囧團怎麼眼觀四面、耳聽八方，就是找不著什麼琉璃寶物，上面還要有尊豹。

「你們豹力團不是有個鎮團寶物，讓我們瞧瞧有什麼了不起，好嗎？」光榮央求著。

「那可不行，這是我們老大的心頭寶，連睡覺都放在床頭才肯睡，怎麼可以讓你們隨便亂看呢！」黑白無常笑道。

這一天，囧囧團果然無功而返，更氣人的是，一到囧囧團的祕密基地，就收到國林在臉書上的訊息，嘲笑他們明明想來挖這個鎮團寶物，還要說是為了研究電玩，真是欲蓋彌彰。

「被發現了！真的會氣死人。」光榮被人拆穿，像隻落敗的公雞一樣垂頭喪氣的說道。

「毛國林什麼時候變得這麼精啊？」麗婷也覺得頗不可思議，她一直認為毛國林虛有其表，沒想到他變聰明了。

「被我們磨練出來的。」光榮點點頭說。

「還是晚上去他家偷？」寶隆的「榮譽心」也被激發出來了，他說既然國林把鎮團寶物放在床頭才睡，他們就晚上去偷吧！

「好！」光榮點頭同意。

「而且要先寫好戰帖，偷了豹力團的鎮團寶物，也要跟他們說寶物在我們手上，這才叫做玩聖戰遊戲吧！」麗婷這麼建議著。

「好的！」光榮同意的說，於是他跟麗婷開始寫起「戰帖」，而寶隆則是忙進忙出的準備梯子等等用具，決定晚上去「探訪」毛國林。

「我們從毛國林的房間窗戶爬進去好了！他的房間在後頭，我們把樓梯放在那裡上去，在床頭拿到寶物後再下來，希望不要打攪到他的父母。」寶隆這樣計畫著，也拿著梯子到門外測試看看。他從一樓架著梯子，把它放在囧囧少年偵探團招牌的旁邊，然後爬上去從窗戶進到自己的房間。

「應該是沒問題，這裡的建築大概都這麼高，這個梯子應該夠用了。」麗婷說道。

「好！那就這樣。晚上在毛國林家的門口見囉！」寶隆和囧囧團的另外兩位成員約定好。

到了半夜十二點，三個人鬼鬼祟祟的出現在毛國林家外面。他們把梯子架在毛國林房間的窗戶外邊，小心翼翼的爬上去……

「好像比我們想像中的順利。」光榮在國林房間這麼說。

「可是……」麗婷看著床上的那個人，怎麼看都不對勁，她說：「毛國林沒有那麼胖！」

三個人都覺得有點狐疑，走近看了一下……媽啊！那裡睡著的是個中年婦人，看都沒看過。

「這是哪位啊？我們是不是走錯了，這裡其實不是毛國林家。」光榮緊張的問道。

「小聲一點，行嗎？你是想要我們半夜被抓到警察局，讓夏警官來笑我們嗎？」寶隆做勢要光榮的嗓門不要那麼大。

「怎麼辦？」光榮非常緊張。

「這應該是毛國林的小阿姨吧！白天的時候，毛媽媽不是到機場去接自己的妹妹嗎？」寶隆說道。

「是耶！」麗婷點點頭。

「那毛國林呢？」光榮問著。

「應該是毛國林把房間的床讓出來給小阿姨，自己搬去那間和室的客房睡，應該就是這樣。」寶隆分析著。

「有道理。」光榮和麗婷都同意。於是囧囧團的三人躡手躡腳的到國林家的和室，果然看到國林蜷縮在那裡，有個小小的石頭就在他枕頭旁邊……

永續圖書線上購物網
www.foreverbooks.com.tw
培育文化出版

永續圖書

教育局中小學優

精選優良讀物，勵志溫馨感人

買一送一

凡購買以下系列任何一
12星座限量磁鐵書夾

· 規格尺寸(25開14.5cmX21cm)附書套—每

01 不能上學的小孩

02 我的乞丐爸爸

03 賣芒果青的小孩

07 媽媽請為我活下去

08 爸爸你還有我

09 阿嬤的酸梅湯

有限公司

訂購單

良圖書推薦

故事，全國教師強力推薦！

本書籍，馬上送你2011年最新薇薇安星座書+彎彎

（1書+1星座磁鐵書夾），買越多送越多。

本定價NT.180元

04 她不是我媽媽

05 跟阿嬤一起上學的小女孩

06 臭豆腐兩兄妹

10 別叫我外籍新娘的小孩

11 看不見的小孩

12 監獄來的陌生爸爸

光榮立刻拿起那尊琉璃說：「就是這個了。」

拿到豹力團的鎮團寶物，囧囧團把寫好的戰帖放在原本寶物所在之處，又輕手輕腳的回到國林的房間，從那裡爬梯子回到庭院準備撤回家去。

光榮不斷的看著豹力團的鎮團寶物，他說：「這尊寶物真的好漂亮，你們看，在月光底下看，真的很美。」

三個人輪流在毛國林家的院子裡，拿著琉璃對著月亮，那種成就感真的是筆墨難以形容。

「不行，我不能這麼回去。」光榮突然想了起來，他從口袋掏出一把剪刀出來，像是想起什麼事情一樣。然後光榮又把梯子架到國林的窗戶旁邊……

「你要做什麼啊？」麗婷緊張的問道。

「我晚上出門的時候想到，毛國林這個人最愛的其實是他的頭髮，我一定要把他的頭髮剪一撮回家，這才是真正的勝利，光是鎮團寶物是不夠的。」光榮非常得意的說。

「你是說你要再回去和室？」寶隆驚訝的問著光榮。

「是啊！就我一個人去就好了，你們在樓下等著。」光榮點點頭說。

「被人發現怎麼辦？」麗婷非常緊張。

「我就說來看我最愛的朋友毛國林。」光榮連說詞都想好了。

「總不會送我去警察局吧！」光榮對毛家有這樣的信心。

囧囧團的另外兩個人都不表贊同，但是也阻止不了光榮想要去剪國林頭髮的決心，光榮頭也不回的就爬上了梯子。

「小心點啊！」麗婷和寶隆在底下一直這麼說，只見光榮做出一個OK的手勢要他們放心。

光榮上去了好一會兒，突然有個人影迅速的跑到窗邊，爬梯子下來，這的確是光榮，不過……

後面跟著一個人在窗邊，開口就罵說：「瘌痢狗，竟然半夜跑來我家剪我的頭髮，你是不想活了，是不是？」

底下的麗婷和寶隆認出那是國林，兩個人笑得可開心了，連忙幫光榮扶好梯子，等光榮一踏到地面，三個人收起梯子就往毛家門外跑出去，動作迅速，而國林則在窗邊繼續罵……

囧囧團躲在毛家牆外的樹叢裡，突然聽到有毛家有個女聲尖叫了起來……沒多久整個毛家就燈光大亮。

「毛國林你這是在做什麼啊？」囧囧團在牆外聽到毛媽媽訓斥毛國林的聲音，半夜顯得特別刺耳。

「沒有……沒有……我夢遊啦！」國林結巴的說。這時在牆外的囧囧團已經笑到在地上打滾了。

「夢遊！你明天到醫院，我找精神科替你檢查一下。」毛爸爸也非常大聲的唸著毛國林。

「哎喲！國林，你的頭髮這裡怎麼剪掉一塊！」另外一位陌生的女聲也問了起來。

「這是……這是我晚上睡覺前剪的，想說明天有個新造型去學校。」國林還是搪塞著理由。

「在這裡喔！」光榮拿出一把頭髮，得意洋洋的跟寶隆和麗婷現寶，囧囧團笑到眼淚都流出來了。

「可憐的國林，是不是升學壓力太大了，又夢遊又亂剪頭髮，小阿姨好捨不得你喔！」國林的小阿姨這麼說道。

「明天你不用上學，到醫院來報到，簡直是莫名其妙。」毛爸爸一向這麼有「威嚴」，特別是在「訓」國林的時候。

「毛國林這下子被當成神經病了！」麗婷笑個不停，還做了個小朋友開玩笑用的神經病的手勢。

這時候毛國林好像真的氣到不行，對著窗外喊著：「你們這群長滿膿瘡的臭狗！」

然後國林的小阿姨又緊張的說：「國林，不要這樣，你真的壓力太大了，

放輕鬆點，分數不是這個世界的唯一。」

聽到這裡，囧囧團的三個人笑得更大聲了。

「我們這樣會不會太過分了？」麗婷問起其他兩位夥伴。

「怎麼會，是他要找我們玩聖戰遊戲的，我們這麼盡責，毛國林應該高興有我們這麼可敬的對手。」光榮做著鬼臉。

「如果國林被送到療養院怎麼辦？」麗婷開始有點緊張，她看到國林這種慘狀也起了惻隱之心。

「沒關係，我們可以去療養院探望他，跟他說我們會在外面等他一起玩聖戰遊戲。」光榮還是嘻皮笑臉的說道。

「那頭髮呢？」麗婷指著光榮手上的那一大撮頭髮。

「你真的剪太多了！鎮團寶物被偷，毛國林不會瘋；頭髮被剪掉這麼多，毛國林可能會因此發瘋。」寶隆邊笑邊說。

「說的也是！」光榮點點頭，不懷好意的繼續說：「為了紀念國林，我把這個頭髮分成三股，做成印第安式的項鍊，當成戰利品好了！」光榮說完笑得可大聲的呢！

「唉！可憐的毛國林。」麗婷這麼說道，但是這時候她的表情完全沒有任何憐憫，反而堆滿了幸災樂禍的笑容。

「毛國林的毛呢！」光榮繼續拿著國林的頭髮在那裡炫耀。

而毛家大宅裡面繼續傳來……

「你要不要回自己的房間睡，換小阿姨去睡客房？」

「我就要你不要成天玩那種線上遊戲，你看，愈玩愈不對勁了吧！」

「明天我在醫院陪你去看門診。」

這些話語，讓囧囧團的人聽到，咯咯笑個沒完。寶隆看看手錶說：「太晚了，我們該回家去囉！」

「今天真是大成功！」光榮特別心滿意足。

第八章 孫光榮

囧囧團這次的舉動，可是徹頭徹尾的惹毛了毛國林，原因就是因為毛國林的「毛」！

「國林好像真的發火了！」光榮嘻皮笑臉的說道。

「當然囉！你讓人家去看了精神科，任誰都會火大吧！」麗婷笑得樂不可支。

「兵不厭詐，也不能說是我的錯啊！」光榮得意的說。

「那當務之急，我們要先把豹力團的鎮團寶物藏好，我們能想到去毛國林家找，豹力團也會想到吧！」寶隆這樣提議。

「好！」囧囧團立刻誓師，出發去藏寶物。

「我們要把寶物藏到哪裡啊？」麗婷走在路上問道。

「最危險的地方就是最安全的地方，我們就藏在豹力團新基地的附近，這樣以後告訴他們的時候，一定會讓他們更氣！」光榮對於所有可以讓豹力團更氣的事情都特別起勁。

「好的，我舉雙手贊成。」麗婷馬上同意。

「我看哪天豹力團，特別是毛國林不在這個世界上的話，孫光榮可能會失去活下去的意義。」寶隆笑著光榮，他很敬佩光榮，只要想到整豹力團的方式，他整個人就特別有活力。

「是啊！我不能沒有他們豹力團。」光榮笑著說道。他們一行三個人走到古屋那裡，找了條人煙稀少的小路，徒手把豹力團的鎮團寶物給埋在那裡。

「這樣應該就可以了吧！反正我們知道這個位置。」麗婷還用手機的衛星定位，把埋藏寶物的地點輸入下來。

「對了！我們既然來到豹力團的新基地，應該留下在此一遊的記號才是。」光榮又打起歪主意。

「別啦！趕快回家就好，我們不要在這裡逗留太久。」麗婷不放心這樣，怕會洩漏寶物的行蹤。

「沒關係啦！」光榮堅持著。

「那好吧！你自己一個人去，我們兩個都有事。」麗婷跟光榮這麼說。

「你們有什麼事情啊？」光榮不甘心的問著。

「我爸爸要我幫忙在巷子裡一戶人家做水電。」寶隆回答道。

「我答應我媽媽，要陪她上大賣場採購，雖然去的時間不用太久，但是馬上就要出發了。」麗婷這麼說。

「好吧！好吧！那我一個人去古屋了，我要在豹力團的地盤留下一些字，讓他們知道我們今天來拜訪過了。」光榮笑說。

「會不會被抓到啊？」麗婷有點擔心的問。

「不會啦！我一向跑得快！」光榮非常有自信。於是寶隆和麗婷兩個人就結伴回去家裡那條巷子。

「麗婷，要出發囉！」嚴媽媽老遠的就把車門開好，等著麗婷上車。

「那晚點見囉！」寶隆跟麗婷揮手，也跟著爸爸往巷子裡那戶人家走去，幫忙爸爸重做那家的管線。這戶人家姓郭，郭太太突然提起來：「寶隆，你們幾個小孩常在這一帶跑來跑去，我想問你一件事情。」

「郭媽媽有什麼事呢？」寶隆很好奇郭媽媽可以問他什麼事情。

「我最近突然發現，怪婆婆好像不見了。」郭媽媽說起自己的發現。

「好像是哦！我也一陣子沒看見怪婆婆了。」正在看線路的李爸爸，也進來插嘴說話了。

「前幾天，我們跟夏警官，都有看到她在二樓的窗戶邊。」寶隆想到那天的場景，這麼對郭媽媽說。

「這就好，要不然我擔心怪婆婆一個人，如果有個什麼意外，老人家跌一下，或是一口氣喘不過來，都是會走人的，到時候人家會說我們這個小地方，一點人情味都沒有。」郭媽媽解釋道。

「有啦！那天我們三個和夏警官，都看到她站在她家的窗邊看我們。」寶隆說著。但是想到這裡，寶隆突然有種被雷打到的感覺……「不對，我們只有看到影子，並沒有看到實際的人啊！」寶隆的偵探魂魄突然覺醒了過來，他從偵探書上常常看到，很多的不在場證明都是用這種虛晃一招的方式建立的。

就在這樣想的時候，寶隆的手機有簡訊的聲音響起……

「囧囧團的孫光榮正在我們手上，你們快來救他，我正把他押在我家嚴刑拷打，毛國林。」簡訊是國林的手機傳過來的。

「我能怎麼樣？已經答應我爸要幫忙做水電了！」寶隆順勢就把手機放進口袋裡，繼續幫忙爸爸。才隔了一陣子，寶隆的手機又響了，是麗婷打來的。

「你收到簡訊了嗎？」麗婷問道。

「有啊！」寶隆說是。

「要去救孫光榮嗎？」麗婷問著。

「妳不是要跟妳媽去大賣場？」寶隆好奇的反問。

「買好了，已經到家。」麗婷這麼說。

「可是我還要繼續跟我爸做水電，不能離開。」寶隆答道。

「那怎麼辦？」麗婷緊張的問。

「豹力團抓到他，應該是要問鎮團寶物藏到哪裡，如果還有空的話，就會問說蛇語要如何破解，我們現在最重要的是把寶物移到別的地方。」寶隆分析著。

「有道理耶！」麗婷同意寶隆這個論調。

「可是我現在沒辦法去移。」寶隆這麼說。

「沒關係，我有空，我去移就好了。」麗婷非常爽快的說。

「寶隆他一定會被豹力團逼問出來的，大家都知道他這個人怕癢，沒多久就會洩密。」寶隆對這點心知肚明。

「好，我馬上去移，那晚點回來再跟你說。」麗婷連再見都來不及說，就掛斷了手機。寶隆收起手機後，李爸爸突然問了一句：「你們讓麗婷一個人跑出去，這樣好嗎？要注意她的安全。」

寶隆這才想起：「對喔！可能還有個歹徒在盯著麗婷。」於是寶隆趕緊再打手機給麗婷，但是麗婷的手機已經關機。

「唉！怎麼辦？」寶隆在心裡這樣想著，不過他想等等幫爸爸做完水電之後，再去找麗婷好了。

麗婷一個人往古屋的方向走去，她在路上先碰到夏警官……

「可愛的小妹妹，怎麼一個人在路上走呢？妳的兩個夥伴呢？」夏警官好心的問著麗婷。

「寶隆在幫李爸爸的忙，光榮……嗯……他在寫功課。」麗婷在說時，想到如果對夏警官說光榮被豹力團綁架了，那還得了。

「那妳自己一個人最好不要亂跑，知道嗎？對了，我有沒有給過你們我的手機號碼啊？」夏警官問道。

「沒有，我們都是打到警察局給夏警官的。」麗婷很有禮貌的回答。

「好，我把我的手機號碼給你們，妳也可以給寶隆和光榮。」夏警官很大方的說。

「啊……我剛才講完電話，不小心把手機關掉了，你等我一下，我先開機

喔……」麗婷這麼說。然後麗婷和夏警官互相留了電話號碼，夏警官繼續去巡邏，而這時候麗婷的手機突然響了……

原來是剛剛寶隆打來的未接來電提示。

「什麼事啊？」麗婷本來想要回撥，但是想到寶隆在幫爸爸做水電，她又急著去移寶物，就想等等忙完了再回電好了。這時候麗婷已經走到古屋旁邊的小路，她在那裡挖著，很容易就找到了豹力團的鎮團寶物。

「你可不能掉啊！」麗婷用衣服擦了擦寶物，又把這個寶物塞進自己的口袋裡面。

「現在只有我一個人可以想，要把你藏到哪個好地方囉！」現在麗婷沒有人可以商量，她想先把寶物放到三合院附近，然後再找寶隆和光榮商量看看，有沒有更好的地方。

於是麗婷往三合院走去，但是在三合院的旁邊，她看見一輛非常漂亮的跑車，這輛車子在這附近從來沒有看過。

子。

從三合院的方向走來一個男人，他看到麗婷在看跑車，有點驚慌失措的樣子。

「我沒有打你車子的腦筋啦！」麗婷看到那個男人的表情，她擔心男人誤以為她要偷車。

「嗯……很漂亮吧！」男人順口說說。

「是啊！我從來沒有看過這麼漂亮的車。」麗婷點點頭。然後麗婷盯著那個男人一直看，她有一種似曾相識的感覺。

「妳為什麼一直盯著我看？」那個男人狐疑的問道。

「不是，我覺得我好像在哪裡看過你。」麗婷想了老半天。

就看到那個男人很緊張的問說：「妳覺得妳看過我？」

「嗯……好熟悉喔！到底在哪裡看過呢？」麗婷認真的想道。

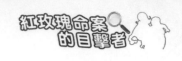

「小妹妹，妳要不要坐我的車去兜風呢？」這個男人主動提出邀請。

「喔！不行啦！我有要緊的事情要辦呢！」麗婷非常嚴正的拒絕，她想她

可是囧囧少年偵探團的一員，怎麼可以放掉手中這麼重要的任務，跑去跟別人兜風呢？這是違背囧囧團的榮耀。

「喔……」男子露出可惜又怪異的表情。

「啊……對了……我想起來了！」麗婷興奮的大叫出來。

「妳想起來在哪裡看過我了嗎？」男子看起來有點詭異。

「是的，你長得很像我的表舅，難怪，我覺得你看起來很面熟。」麗婷開心的說著。

「妳說我像妳表舅？」男子好像如釋重負。

「是啊！是表舅沒錯。」麗婷點點頭。

「可能我是個大眾臉吧！」男子這麼說道。

「不會啦！」麗婷還試圖安慰這名男子，說他長得很有個性。

「妳來這裡做什麼啊？」男子又問起麗婷。

「我和我朋友常在這個三合院玩，他們等等就過來了，我在等他們兩個。」麗婷解釋著，心裡卻想：「總不能說我要藏個寶物吧！」

「那我走了，再見。」男子這時候反而飛快的開起跑車揚長而去。

「好怪的人喔！剛剛還花了那麼多時間要我跟他一起去兜風，現在卻是飛快的開走。」麗婷搖搖頭說道。

然後麗婷在三合院附近東看西看，她在研究寶物放哪裡會比較安全。

這時候麗婷的手機突然響了，是寶隆打來的電話。

「寶隆，你忙完了嗎？」麗婷問著。

「沒有，妳現在人在哪裡？」寶隆反問。

「在三合院這附近，我想把寶物藏在這裡。」麗婷說道。

「妳要不要先回來，改天我們再一起去藏寶物。」寶隆這麼說。

「都已經來這裡了，就把寶物藏好，我不想半途而廢。」麗婷覺得這樣反而非常麻煩。

「我是擔心妳的安全……」寶隆憂心的說。

「我很快就回去了。把寶物藏好就回去。」麗婷堅持要藏寶物。

「好吧！那保持聯絡。」寶隆沒有堅持下去。

「好的，待會見。」麗婷開心的說。

這個時候，那輛跑車又倒了回來……

「小妹妹，妳還沒走啊！」男人這麼問。

「是啊！我在等我朋友，他剛剛才打電話過來。」麗婷老實的回答。

「是這樣的，我想請問妳一個地方，妳可以帶我過去嗎？」男子拿出一張紙條問著麗婷。

麗婷拿過來看了一眼就說：「啊！這個地址是我們這裡有名的怪婆婆的家，我們常常經過那裡。」

「那妳可以帶我過去嗎？」男人問道。

「可是……那我的同伴怎麼辦？」麗婷又端出了夥伴。

「打電話跟他們說。」男人這麼回答。

「不好啦！他們已經快到了。」麗婷說這樣不行，違反朋友之間的道義。

不過麗婷也覺得拒絕別人的請求，有點拒人於千里之外的感覺，她站在那裡，顯得非常猶豫……

男人好像也看出麗婷的猶豫不決，他就順勢說：「妳就幫幫我啦！我是外地來的人。」

「我是真的不知道怎麼去那裡，才想請妳幫忙，等等會給妳酬金的。」男人不停的說服麗婷。

「不是錢的問題，而是我答應朋友了。」麗婷這麼說道，男子用著央求的眼神望向她。

「好吧！好吧！」麗婷有點被說動了，男人就邀請麗婷坐到他這台跑車的前座……

第九章　三合院

臨要踏進跑車前座時，麗婷的電話又響了起來……又是寶隆打過來的。

「麗婷，我看妳還是回來好了。要不然妳等我一下，我馬上趕過去。」寶隆這麼說道。

「你要到了喔！」麗婷順勢這麼說，又把腳步縮了回來，她跟那個男人搖搖頭，用嘴型說：「我朋友已經到了。」

男人好像覺得很無趣，就跟麗婷搖搖手，立刻把車開走。麗婷這時候才看見，這台跑車的車牌，竟然寫著LOTTERY。「不過這很奇怪耶！這不是樂透彩券的英文嗎？」麗婷想著，她覺得這個人可能是想中獎想瘋了，才會弄個這樣的車牌。

「而且怪婆婆的家也不是往這個方向開，他開錯了吧！」麗婷搖搖頭，覺得外來客就是外來的，連這麼簡單的門牌都找不到。寶隆雖然說要過來，但是麗婷也閒不住，她想還是在這附近找找，看有沒有適合藏寶物的地方。

麗婷從三合院後面的小路走去，她邊走邊看，挑中了一塊土地，其實也不

是什麼很了不起的道理，只是因為那塊土看起來鬆鬆的，她現在只能徒手挖，當然要跟挑柿子一樣，挑軟的挖。麗婷蹲了下來，開始徒手挖起土來，結果挖著、挖著……麗婷開始尖叫了起來……

麗婷沿著小路往三合院跑，並且想起剛剛夏警官給的手機號碼，她趕緊打手機給夏警官……

「夏警官，不好了，真的有屍體了，我挖到一具屍體了。」麗婷嚇得魂飛魄散的說。

「妳在哪裡？麗婷，妳在哪裡？」夏警官問道。

「我在三合院這裡。」麗婷惶恐的說。

「好，我就在附近，不要離開，在那裡等我。」夏警官這麼說。

麗婷站在三合院的門口，愈想愈不對勁，她覺得剛剛那名男子實在很可疑，想到她剛剛差點坐上他的車，麗婷就覺得有點無法呼吸。

夏警官很快就趕到，寶隆也很快到了三合院，三個人一起往麗婷說的小路走去，看到一隻手露出來在那裡……

可能看到熟識的人來了，麗婷這才覺得安心，頓時就昏了過去……

等到麗婷醒過來時，她已經在自己家裡的床上，毛國林的爸爸正在幫麗婷打點滴。

「還好吧！」看到自己的寶貝女兒清醒，嚴爸爸、嚴媽媽立刻圍上來。

「那具屍體到底是誰啊？」麗婷連忙問道。

「是怪婆婆，應該走了一段時間，可能第一時間就是妳看到在紅玫瑰理容院的巷子那邊。」

「唉……」麗婷嘆了好大的一口氣。

「麗婷，要好好的休息，先不要想這些事情。」毛醫生這麼說道。

「怎麼不想呢？剛剛夏警官就在問了，看麗婷能不能接受他們的詢問，提供辦案的線索。」嚴媽媽苦笑著。

「本來還說要麗婷去警察局接受詢問，是我堅持在家裡，這樣我們家麗婷

比較有安全感。」嚴爸爸說道。

「我可以的，只要可以幫助警方破案，我願意幫忙。」麗婷非常爽快的說。嚴爸爸、嚴媽媽本來不願意，但是在毛醫生的保證之下，夏警官帶著另外一名警員進來詢問麗婷。

「麗婷，還好吧！」夏警官憂心的問，但是夏警官也覺得吉人自有天相，還好當時有給麗婷手機號碼。

「好險，我沒有坐上那個男人的跑車。」麗婷想到這裡，整個後脊背還是涼颼颼的。

「有記下那個男人的車牌號碼嗎？」夏警官問道。

「我當時覺得很奇怪，怎麼會有車牌號碼是LOTTERY，就是樂透。」麗婷說了這件事。

「是假車牌。」跟在一旁的警員說著。

夏警官點點頭又問：「以前看過那個男人嗎？」

「是外地來的，從來沒有見過。」麗婷說著。

「可以把人還有跑車都描述一遍嗎？」夏警官這麼問。麗婷真的把那個男人和跑車都仔細的說了一遍，還提到他跟麗婷的表舅長得很像。

「妳說，那個男人非常關心妳是不是之前看過他？」夏警官問麗婷。

「是的，他一直問我這個。」麗婷點點頭。

麗婷還說到了最後，男人把車開回來，問了一個地址……

「就是怪婆婆家的地址。」麗婷記得非常清楚。

「這個男人真的非常可疑。」夏警官繃著臉說。

為了不影響到麗婷的休息，夏警官沒有問上太久的時間，還要麗婷如果想到什麼線索，都可以再打手機去跟他說。這個時候的李寶隆，也在自己家的電腦上，跟「華醫生」討論著這起怪婆婆命案。

「你在想什麼？」華醫生問著寶隆。

「我在想，要再弄瓶血液檢測劑，去之前的現場測試一下。」寶隆這麼回

答。

「跟我想的一樣。」華醫生也同意寶隆的推論。

「爸爸……」寶隆想去跟爸爸商量一下。

「這個……」李爸爸拿了一罐東西給寶隆，仔細一看，就是寶隆很想要的血液檢測劑。

「謝謝爸爸！」寶隆開心的說。

「不要謝我，這是要從你的零用錢裡面扣的。」李爸爸淡淡的說著。

「好啦！好啦！」雖然有點心不甘情不願，但是爸爸和自己同樣有查案的默契，讓寶隆很開心。

這次囧囧團和豹力團，仍然團結一氣，只有麗婷在家裡休息，五個大男生聯袂到紅玫瑰理容院旁邊的巷子去……

這次毛國林和孫光榮都變得專業起來，知道要一路跟拍著李寶隆塗血液檢測劑的整個經過……

「沒有反應了！怎麼可能？」國林看到這個結果，在那裡大叫著，這是怎麼一回事情呢？

倒是寶隆有點老神在在，他對於這個結果並不會覺得不可思議。

「那要不要再去上次那個網咖的後門測試一下。」黑白無常問道。

「又要假裝摔碎血液檢測劑嗎？」光榮有點為難的樣子。

「這可是要從我的零用錢花錢買的，不行啦！要省著用。」寶隆這次非常堅持不能這樣。於是他們一行人偷偷摸摸的，到網咖玩時，黑白無常負責去跟工讀生哈拉，光榮和國林掩護著寶隆，偷偷在後門附近滴下一試管……

「竟然也沒反應了。」光榮和國林看到這個結果，整個人臉都是僵的。

他們沒有玩到遊戲時間結束，所有的人就到寶隆家樓上，也就是囧囧團的基地來商量。

「怎麼回事啊？我完全想不通。」國林說道。

「如果一直有血液反應，我還不會懷疑；但是有反應之後，又變成沒反

應，可見有人處理過了，這才讓人懷疑吧！」寶隆笑道。

「是耶！」光榮點點頭。

「欺負我們的朋友，看我們怎麼修理他們！」國林馬上要衝到紅玫瑰理容院找人算帳。

「他們不會承認的，只會說：『小帥哥，你來了！』」寶隆揶揄著國林。

「唉！難道長得太帥也是一種錯誤嗎？」國林有點難過的說。

「可是……」光榮覺得有點奇怪的問。

「你在懷疑什麼？」寶隆問道。

「網咖會把血液反應弄掉，可見他們應該也跟這件事有關了。」光榮實在很難想像這樣的結果。

「你沒有說錯，就是這樣。」寶隆對光榮舉出一個大拇指。

「我們現在去跟夏警官說這件事嗎？」國林問著。

「沒有實際的證據啊！」寶隆這麼說。

「不過……」寶隆問起來。

「什麼事？」國林反問道。

「你們有沒有可以信得過的人，能夠到網咖當工讀生，我發現他們一直在找人。」寶隆提及。

「我可以找我表姐來幫忙。」光榮點點頭，他說他表姐一直想打工，可以請她幫忙去應徵網咖的工讀生。

「好！那回去立刻請她去應徵工讀生，這樣我們可以確認一些事情。」寶隆說道。

「還有……」寶隆又說起來。

「嗯？」另外四個男生異口同聲的問道。

「有誰對於營業登記比較知道的？」寶隆好奇的問著。

「我可以幫你問，我有個親戚在做會計，他很知道這一類的事情。」黑白無常當中的黑皮林哲緯這麼說。

「好！那就麻煩你了，我們分頭進行。」寶隆點點頭。

「要問營業登記做什麼？」國林看到寶隆指揮起豹力團的成員，並不會不高興，只是想明白用意。

「我想查明紅玫瑰理容院，和我們常去的網咖之間，到底有沒有關係。」寶隆說明著。

「從營業登記就會知道嗎？」國林反問。

「我沒有把握，但是學習瞭解對我們並沒有壞處。」寶隆這麼說。

「好！你把想知道的跟我說，我回家馬上請教我親戚。」哲緯也很積極。

「ＹＥＳ！我們兩團就暫時合併，一起來破怪婆婆命案。」國林看起來非常興奮，好像也很想當偵探一樣。

「我們到時候可能還要來打一場仗呢！」寶隆淡淡的笑著，說國林不可以併到囧囧團來。

「什麼意思？」國林問道。

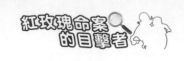

「到時候我們再來商量，我們先把現在手邊的事情都處理好，看有沒有什麼進展。」寶隆這麼「指示」著。

「好的！加油、加油、加油！」五個男生的手疊在一起，彼此鼓舞著互相加油、打氣。

第二天，一到囧囧團基地哲緯馬上說：「我親戚用那兩家店的地址上網去查，發現他們的營業登記分別是兩個人，網咖是男的，紅玫瑰理容院是女的。」而且哲緯還說，他已經知道怎麼在網路查了。

「教教我們，可以嗎？」寶隆這麼央求著哲緯。

「沒問題的。」哲緯馬上坐到寶隆的電腦桌前面，熟練的打上那個網址，然後在查詢那一欄選擇地址，找到了這兩家的營業登記證。

「不過我親戚也說，這種營業登記要找人頭，實在也很容易。」哲緯轉述親戚的說法。

「為什麼呢？」寶隆畢竟還是個國中生，對於社會的許多操作，其實不是

那麼明白。

「因為很多人這樣做，只要雙方談好，沒有什麼事情不能談的。」哲緯解釋著。

「為什麼要用到人頭？」寶隆問道。

「我親戚說，有些人跟銀行貸款，結果還不出來，他想做些事業，又怕銀行來查帳、查封，就要用人頭，這樣他的收入才不會被銀行查到。」哲緯把他親戚說的話複述一遍。

「喔！原來是這樣。」這群小朋友這才明白。

「那你親戚呢？」寶隆問著光榮。

「我表姐已經去問過了，對方要她今天傍晚開始去當工讀生，是晚班的工讀生。」光榮說到自己表姐的進度也很順利。

「太好了！我們好像都有進展。」寶隆這麼說道。

「是啊！可是我聽我爸爸說，好像……」國林囁嚅的說道。

「怎麼了？」寶隆問起來。

「我爸爸說好像報紙有一篇東西，不太對勁。」國林說今天早上吃早飯時，爸爸看著報紙，擔心有一篇報導會出問題。

「什麼報導啊？」寶隆問起國林，他們家是看什麼報紙。

國林回答了之後，寶隆上網查詢了一下，這才發現……

「怎麼會有這麼不專業的事情呢？」寶隆看了也很生氣。

「是怎麼了？」光榮問道，因為光榮喜歡看圖片，不愛看文字。

「報紙的地方版，把麗婷的名字都洩漏出來，而且說她是美少女證人。」

寶隆覺得這個記者也太愛求表現了。

「是沒錯啊！麗婷本來就是美少女證人啊！」光榮想不通這有什麼不對。

「可是殺人犯也在看報啊！這不是提醒嫌犯，麗婷在哪裡嗎？」寶隆非常生氣的說。

「是耶！」光榮這才恍然大悟。

第十章
恐怖的媒體

「怎麼搞的啊？」嚴爸爸在家裡實在都想不通，因為他已經接了一天的電話，害得嚴媽媽都不能好好做生意了。

「是啊！怎麼拼命打電話來，說要採訪我們家麗婷，我們麗婷是招誰惹誰了？她還是個國中生呢！」嚴媽媽抱怨著。

「就是我們這裡的地方記者寫了什麼美少女證人，引得媒體就像蒼蠅一樣，拼命要來採訪我們家的麗婷。」嚴爸爸覺得很不高興，這些媒體好像都不注意麗婷的安危，就這樣大搖大擺的麗婷的名字登出來。

「別人家的孩子死不完！」嚴媽媽用台語說這句話，她就這麼一個漂亮的寶貝女兒，看到她現在的安危都出了問題，嚴媽媽非常不能接受。

嚴媽媽還打了電話去給夏警官……

「我知道，我也看到那篇報導，已經去函要那位記者注意，不可以再這樣。」夏警官也注意到了這件事。

「那我們現在可以怎麼做呢？」嚴媽媽問道。

「根據證人保護法的相關規定，我們會請警察局裡一名女警來保護麗婷。」夏警官這麼說。

「這名女警單身，自己的家在外縣市，這一陣子想請嚴太太讓她住在你們家，也好保護麗婷。」

「謝謝夏警官、謝謝夏警官……」聽到夏警官的安排，嚴太太感到十分的窩心，覺得有被照顧到。

「幾十年的老鄰居還是不一樣。」嚴爸爸也感到十分「感心」。

「老公，那我去整理一下，讓女警察來我們家時有地方可以住。」嚴媽媽這麼說後，馬上就上樓去了。但是除此之外，嚴爸爸還有另外一層擔心……

不只是嚴爸爸這樣想，此時此刻的寶隆，也在電腦前面跟「華醫生」討論著麗婷的事情。

「我也看到了那篇報導。」華醫生說道。

「真的是太扯了，一點新聞專業都沒有。」寶隆這麼說。

「是啊！」華醫生附和著。

「我和光榮都覺得很丟臉。」寶隆在電腦螢幕上打著這幾個字。

「怎麼說呢？」華醫生問道。

「我和光榮兩個男生，竟然讓麗婷一個女孩子，連續落單看到屍體兩次，特別是第二次……」寶隆扼腕嘆息。

「是怎麼樣啊？」華醫生反問。

「不應該要麗婷去移豹力團的鎮團寶物，讓她跟那名嫌犯有面對面的機會。」寶隆說道。

「她竟然和嫌犯面對面碰到了？」華醫生不敢相信的問著。

「那她就看清楚嫌犯的長相囉！」華醫生再問。

「是的！」寶隆打出這兩個字。

「那嫌犯也看清楚她的長相？」華醫生說。

「是啊！」寶隆覺得這相當無奈。

「那歹徒一定會想辦法要殺她滅口啊！」華醫生這麼說。

「真的就是這樣。」寶隆點點頭。

「那麼現在就是你們和歹徒的時間競賽了，看誰先找上對方。」華醫生肯定的說。寶隆不是不知道這一點，而是這個事實實在很恐怖，他不想讓麗婷他們知道，他希望麗婷一直是快快樂樂的。同一時間，住在嚴家的女警察，正認真的聽著麗婷的描述，用素描畫出嫌犯的長相。

「不是這樣，下巴要尖一點。」麗婷走到女警察的旁邊，邊看邊這麼說。

「警察姊姊，畫好之後，要把這張畫像掛在哪裡啊？」麗婷問著女警察。

「會通報各地的警察局，如果辦案人員需要，也可以發給媒體，請社會大眾一起幫忙。」女警察說道。

「我爸媽最近討厭死媒體了。」麗婷知道現在的狀況。

「妳最近最好少出去，少跟媒體接觸、也避免嫌犯找上妳。」女警察關心的說道。

「可是妳是個女警察，妳已經在我身邊了，我很安全吧！」麗婷不明白的問道。

「還是要小心點，我們這個行業是小心為上。」女警察再三的叮嚀，她說再怎麼小心是都不為過。另一方面，可能社會上只要聽到「美少女」三個字就會趨之若鶩，特別是美少女加上命案。

「狗血、狗血、撒狗血……」「竟然還有這種事。」看到晚報的嚴爸爸，這天氣到邊罵邊摔報紙。

嚴媽媽接過報紙一看，發現女兒斗大的生活照都登出來了，她發抖著問說：「這張照片是從哪裡來的？」

「文章裡面是說，從麗婷的同學那裡拿來的，有同學提供照片給報社。」嚴爸爸搖頭嘆息。這件事真的引起軒然大波，那位被稱為提供照片給報社的同學，自己也覺得十分的冤枉……

「那張照片是我跟麗婷平常一起拍的生活照，貼在我的臉書，因為臉書上

的照片有一項功能是可以標籤出我的朋友，我不知道我那個記者堂姊，竟然知道那個人是嚴麗婷，就把照片轉用了。」這位同學說起來也是非常難過，她覺得自己好像被堂姊出賣了。

「為什麼會這樣？」嚴媽媽有一種叫天天不應，叫地地不靈的感覺。

「以前總是很得意我們家的女兒長得漂亮，是一種福份，現在看起來好像不是這樣。」嚴爸爸難過的說。

「我也是，好像幫她保養得漂漂亮亮的，是害了她一樣，一切都變得這麼難以控制。」嚴媽媽也這麼說。

「我以前都覺得日子過得很不錯，最近突然覺得世界滿可怕的，原來殺人犯、報紙亂報，都會實際在我們的生活裡發生。」嚴爸爸解釋著。

「對啊！我看你這幾天又開始抽煙了，之前你也好好的戒煙，現在竟然又開始抽，可見壓力多大。」嚴媽媽看著自己的老伴，好不心疼。

而且嚴家不堪其擾的是，每天有接不完的電話以外，開始有記者到嚴家來拜訪、按門鈴。

「你們不要這樣逼人太甚，我女兒是目擊者，但是不是嫌犯，你們這樣不是在懲罰我們嗎？我的護膚生意都不用做了，客人預約電話打不進來，就算預約好了，上門看到這麼多記者在門口，也不敢進來。你們做人一定要做到這麼惹人嫌嗎？」嚴媽媽有夠生氣的。

開門罵完記者後沒多久，電話鈴又響了，嚴媽媽心想：「八成又是哪家電視台！」正準備要再開罵時……

「嚴太太，要不要休息個幾天，到我們家來住吧！」毛國林的媽媽本來就喜歡麗婷，聽到自己的老公說嚴家常常有記者來騷擾，她更加擔心起麗婷和嚴家的安危，立刻打電話邀約麗婷的媽媽。

「毛太太，那怎麼好意思呢？而且我們家現在還有一位女警在保護麗婷的安全，到您府上打擾，可能不太方便。」嚴太太覺得不是個方法。

「還是麗婷和女警察來我們家住？我們家有三個和式的房間，我是覺得麗

婷和女警察來我們這裡，可以讓記者找不到人，這樣久了他們也就散了。」毛太太建議著。

後來嚴爸爸和嚴媽媽商量之後，覺得這個方法可行。有天夜裡，女警察就和麗婷從後門溜出，直奔毛國林家。麗婷想到上次半夜偷偷摸摸來國林家，害得人家全家鬧得雞犬不寧，這次發生事情，毛媽媽馬上邀請她來住，讓她看到毛國林都覺得很不好意思。

「對不起啦！上次來鬧你。」麗婷趁著一個空檔，趕緊跟國林說對不起。

「沒事的，我不是小氣鬼，而且我知道那一定是孫光榮的鬼主意，他一定很想剪我的頭髮，因為他嫉妒我帥！」國林笑著說道，一點都不以為意。

也因為麗婷住到毛國林家，囧囧團和豹力團的聚會就變成在毛國林家來舉行。

「妳還好吧！麗婷。」幾天沒看到麗婷的囧囧團和豹力團，都相當關心她的狀態。

「還好啦！不用去看精神科。」麗婷這麼回答。

「那真的比毛國林好很多！」光榮嘻皮笑臉的說，想到國林還被爸爸逮去精神科，他就覺得很爆笑。

「還說呢！大家都當我是神經病亂剪頭髮，我真的是啞巴吃黃蓮，有苦說不出。」國林搖搖頭說。

「原來你是在保護我們喔！不直接說出來是我們囧囧團上你們家來搗亂？」光榮賊賊的說道。

「我如果說了，爸媽不准我跟你們玩聖戰的遊戲，那可怎麼辦？」國林雙手一攤，滿臉無奈。

「那現在情況到底怎麼樣？」寶隆急著在嫌犯找上麗婷之前，能夠抓到嫌犯，他也盯進度盯得很緊。

「我們不是來交朋友的！要趕快抓到嫌犯，麗婷才有真正安全的一天。」寶隆千提醒萬交待。

「好的，報告李寶隆大偵探，根據我在網咖打工的表姐回報，她在網咖打工從來沒有看過老闆。報告完畢。李大偵探還有什麼指示？」光榮故作正經狀。

「那她怎麼拿到錢呢？」寶隆問著。

「她說是一個外面來的會計幫忙發的，還說網咖的報帳是這家會計公司做的，他們也就幫客戶發薪水。」光榮說道。

「沒有看過老闆啊？」寶隆對於這件事十分好奇。

那天看過麗婷之後，一群人也就各自回家去了，寶隆和光榮走回家的路上，光榮突然指著前面說：「天啊！」

「什麼事情？」寶隆順著光榮的手指看過去。原來是怪婆婆原本的住家，裡面有微弱的燈光亮著。

「真的有人在裡面耶！」光榮嚇得直打哆嗦，還有點緊張的問說：「會不會是怪婆婆的鬼魂來了？」。

寶隆打了一記光榮的頭說：「你看過哪個鬼魂要開燈的啊？」

「趕快打電話給夏警官。」寶隆說道，眼睛還直望著怪婆婆家的燈光。

夏警官隨即帶著警員趕來，但是那個嫌犯動作也很快，早在夏警官抵達前，他就跑得不見人影了。

「好可惜，晚了一步。」夏警官有點自責，但是非常肯定寶隆和光榮馬上報案要警察來。

「你們這樣是對的，我是很怕你們這個什麼少年偵探團，會太積極投入辦案，把我們的事都搶去了。」夏警官揶揄著說。

「不會的，我們最尊敬的就是夏警官。」寶隆這麼說道。

「從大偵探的嘴裡說出來這些話，讓我好感動喔！」夏警官點點頭。

然後寶隆和光榮以及警察就說再見，各自回家了。

「到底那個殺人犯在找什麼東西呢？」寶隆百思不得其解。

寶隆上線想找華醫生，但是他人不在。

「有什麼東西是值得嫌犯一而再、再而三的甘冒危險去找的呢？」寶隆自問自答，但是沒有答案。不過寶隆倒是對網咖的一件事，心裡有些想法……

第二天，寶隆馬上跑去找光榮：「可以請你的表姐再幫一個忙嗎？」

「啥事啊？一大早就跑來找我。」光榮一臉還沒睡醒的模樣。

「那個發薪水給她的會計，你表姐知道是哪家會計公司的嗎？」寶隆問著光榮。

「沒有聽我表姐說過，應該不知道吧！」光榮覺得寶隆這個問題很奇怪，他表姐也是個學生，怎麼可能知道這麼多事。

「請她稍微注意一下，或者她的薪水袋，會不會是用那個會計公司的信封也說不定，請她找一下，好嗎？」

「寶隆大偵探這麼說，我就叫我表姐去查啊！」光榮答應道。

後來光榮的表姐查出來，那家網咖的會計公司叫做精確會計。「的確，薪資袋上就有那家公司的名字。」光榮這麼說。

這天囧囧團和豹力團都聚在毛國林家討論案情。

「隔壁的紅玫瑰理容院會不會也是同一家會計公司？」寶隆繼續問道。

「我表姐又不是偵探，她怎麼會知道這麼多？」光榮覺得寶隆的問題一個比一個難，實在超過學生的理解範圍。

「可以請她去隔壁紅玫瑰理容院問一下嗎？」寶隆心急的說。

「這我就沒辦法了，叫我表姐去那種地方，阿姨一定會把我揍死的，而且她去隔壁問的話，人家也不見得願意跟她說吧！」光榮皺著眉頭說。

「也是，那誰能去問紅玫瑰的小姐呢？」寶隆自言自語著。就在這麼說時，所有人的眼睛都落在……

「毛國林，就是你了！」

「再度發揮你的男性魅力吧！」

「紅玫瑰的小姐一定願意告訴你答案的。」大夥兒一起起鬨、鬧著國林。

「不行啦！我去那種地方，我爸爸不是打死我，就是真的以為我發瘋了，

我不行啦！」國林求饒著。

「那怎麼辦？這是個很重要的線索啊！」寶隆說道。

「那個發薪水的會計是男還是女的？」國林問著光榮。

「聽我表姐說是個男的。」光榮答道。

「好吧！只好我出馬囉！」國林跑到房間去拿東西。

「他真的要去紅玫瑰理容院喔？」光榮促狹的問道。大夥兒你看我、我看你，沒有人有答案。

只見到國林拿出一個望遠鏡朝著遠方紅玫瑰理容院的招牌看去，嘴裡複誦著：「紅玫瑰理容院的電話號碼是……」國林背著那個答案，然後拿起電話撥過去。

「紅玫瑰理容院嗎？」國林問著。

等到對方說了一些話後，國林說道：「我這邊是精確會計公司，我上次來發薪水時，帳出了一點問題，現在可以對一下嗎？」

就聽到對方的小姐說：「喔……發我們薪水的精確會計公司。好的，你等一下喔！」

然後國林馬上說道：「啊！不好意思，我現在看到了，是我的數字加總錯，沒問題了、沒問題了。」

國林一掛下電話，囧囧團和豹力團響起如雷的掌聲，這件事就被國林「隔空」打探出來了。這天回家，寶隆正要上樓時遇到爸爸……

「你等等喔！」李爸爸要寶隆留步。

「爸爸，有什麼要緊的事嗎？」因為寶隆本來要去找囧囧團和豹力團討論一下怪婆婆命案的事情。

「我有個東西要你簽一下！」爸爸拿出兩張紙來。

「這是什麼？」寶隆好奇的看著。

「竟然是這個……爸爸，你好無聊喔！」寶隆看到爸爸要他簽的借據，他就覺得有點小題大作。

「什麼小題大作，那兩瓶血液檢測劑是借你的，你要還我啊！」李爸爸說得理直氣壯的。

「可是你說了要從我的零用錢扣的啊！」寶隆抗議著。

「沒錯，所以要寫借據啊！」李爸爸笑道。

「有必要這麼麻煩嗎？」寶隆覺得爸爸真的很小氣。

「反正你簽下這兩張，到時候你用零用錢還了一瓶，就撕掉一張，兩張都撕掉，你就不欠我了。」李爸爸解釋著。

「真的有夠小氣的。」李寶隆邊簽還邊抱怨。

「爸爸，你以前不是這樣的人。」寶隆揶揄著爸爸。

「本來事情就該這樣處理。」爸爸點點頭說。

「好啦！好啦！」寶隆苦笑著同意。

「而且我現在是還在，如果有一天我不在的時候，別人拿著這些借據，還是可以跟你追討。」李爸爸這麼說道。

「我是你兒子耶！這些借據到時候也是在我手上！」李寶隆笑得可開心了，他想就賴到爸爸走掉的那天好了。

「那可不一定喔！」李爸爸笑說。

寶隆簽完走到門口的時候，他突然靈機一動……

「是啊！嫌犯是去怪婆婆那裡找借據，他一定是為了留在那裡的借據，即使殺了人……」

「借據還是要拿回來，要不然另外有人拿著借據去找他，他就白殺人了。」寶隆這麼自言自語著。

「原來是這樣……」寶隆終於想通了。

「這……」寶隆突然回頭看了一下自己的爸爸。寶隆在心裡想著：「老爸今天搞出這麼一幕，就是要跟我說明這個道理嗎？」

「他怎麼會這麼精呢？」寶隆望著自己的爸爸，心裡覺得他真的是深不可測。

第十一章

網咖競賽

「還要跟這個同學當朋友嗎？」麗婷住在毛國林家，她跟冏冏團和豹力團的人討論。這個同學，綽號叫做粉紅豬的，她的堂姊就是個記者，上次把麗婷的照片登出來的那一位。

「別管這麼多啦！現在就是低調一點，躲過這一陣子，之後再當朋友就好。」豹力團和光榮都這麼勸麗婷。

「還是要當朋友。」寶隆獨排眾議，要麗婷不要放棄這個朋友，因為後面可能有可以幫上忙的地方。

「我不喜歡這樣，好像在利用朋友一樣。」麗婷抱怨著。

「要不然妳就跟她說實話，請她來我們這裡一趟。」寶隆建議著麗婷。

「我們要她來，她就會來嗎？」麗婷笑著說道。

「我們不會，但是有人叫她來，她可會來吧！」這一群人頓時又望向毛國林這個男生。

「又來了！又來了！前幾天是紅玫瑰小姐，今天又換成粉紅豬，夠了、夠

了……」國林直搖頭。

「是啊！你不知道自己是方圓數十里的第一美男子嗎？」光榮揶揄著國林，但是話語裡面也有幾分嫉妒。

「自從被你亂剪掉頭髮就不是了。」國林氣呼呼的說道。

「天生我材必有用，毛國林你就幫幫忙，好嗎？」寶隆要毛國林幫這個忙，因為這會影響到他後面的布局。

「我總要知道你葫蘆裡面賣的是什麼藥吧？」

寶隆解釋了一下，兩個團的團員都覺得這的確是個方法，國林就勉為其難的說：「好吧！我幫你打這個電話，但是先說好喔！下不為例，要不然我會覺得自己好像紅玫瑰的小姐一樣。」

「真的。」

「是有點像。」

「我們就靠毛國林的男性魅力了。」

囧囧團和豹力團的人這次達成共識，毛國林雖然是個大帥哥，卻是他們兩團人當中，最能夠讓大家哈哈大笑的人。

「真的，你們都不知道，我那天半夜拜訪了毛國林之後，我高興了多久，你們知道嗎？」光榮笑得震天價響。

「還好意思說呢！我小阿姨從那天之後，不知道有多擔心我，都是你這個死傢伙來我家鬧的關係。」國林講到那天的「毛」就氣個半死。

但是國林也不負眾望，真的把粉紅豬約來毛家，粉紅豬也答應了囧囧團和豹力團，一定會照他們講好的協議做。

「這都是國林的功勞。」

「我們要怎麼慶祝呢？」

「請他去網咖打電動好了。」除了麗婷之外，囧囧團和豹力團的成員們，才一陣子沒去網咖，又開始懷念起在網咖打線上遊戲的日子。

「多好！又上網咖又可以辦案，真是有效率！」國林開心的說道。

「而且趁我表姐在那裡當工讀生，我們去，她可以給我們一點折扣，這樣很划算。」光榮對於這點很興奮，應該說對於國小生、國中生來說，這都是很好的優惠和好處。

「好啊！那我們一塊去吧！」囧囧團和豹力團一起說好了。

「你們馬上就撇下我。」麗婷抱怨著。

「那也是沒辦法的事情，要不然妳去網咖，旁邊要跟著女警察嗎？這樣還有誰敢在那裡打線上遊戲呢？」寶隆取笑著麗婷。

「妳可以在我家開電腦玩啊！反正只要同時登入，也可以一起玩！」國林這麼建議著。

「這樣有什麼好玩的呢？」麗婷唉聲嘆氣的直搖頭。

「撐過這一陣子，只要再一下下，等到抓到嫌犯，妳想玩多久的線上遊戲，我們都奉陪，這樣好嗎？」光榮非常豪氣的說。

「好吧！那我也不從你家連線了，沒ＦＵ，你們自己好好的去玩吧！」麗婷瀟灑的跟一群男生說再見，甘願的到廚房去幫嚴媽媽做菜。

等到走出嚴家大門，光榮才在那裡說：「好加在，麗婷沒有跟來，她線上遊戲實在玩得不怎麼樣。」

「每次都因為她積分被拖下來。」寶隆也笑道。

「那還說得那麼好聽。」國林取笑著囧囧團的兩個男生。

「安慰命案的目擊者吧！」光榮這麼說。

到了網咖，今天正好是光榮的表姐輪班，她真的給了個很大的優惠，就是毛國林開台是送的，其他人只要各付各的就好，等於兩團的人也不用多付錢請毛國林打線上遊戲。

「真是賺到了，有個好表姐。」光榮覺得很「賺」，也真的跟他的名字一樣的「光榮」。

就在線上聖戰玩得正精彩的時候，光榮的手機突然響了起來……

「誰的電話啊？」寶隆問起。

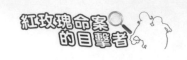

「是麗婷打來的。」光榮回答著。

「什麼事情？」光榮拿起手機開始通話。

「什麼？一大堆借據？」光榮非常驚訝的大聲說。

「什麼借據不借據的啊？」寶隆和豹力團的團員們都把遊戲停了下來，聽光榮和麗婷到底在說些什麼。

「妳說從怪婆婆那裡找到的？」光榮說道。

「喔……好……」光榮拿著手機猛點頭，這時候光榮掛掉了電話，跟寶隆和豹力團的人說起麗婷在電話裡面說的事情……

「你說麗婷之前撿到一堆借據？她怎麼沒有跟我們說？」寶隆問著光榮。

「她從來沒有看過借據，以為是像發票那樣的東西，但是上面有名字。」光榮說道。

「那現在是怎麼樣？」寶隆問起。

「她現在被警方保護著，不方便出來，她要我們去幫她拿那一包的借據，然後給夏警官。」光榮這麼說。

「可是麗婷怎麼會撿到借據呢？在哪裡撿到的？」寶隆還是不太明白，他覺得麗婷這番話好像沒有來由一樣。

「麗婷說，就是上次被豹力團關在古屋那裡，她很無聊到處東看西看，就撿到一大包的借據，而且太多了，她就藏在兩個地方。」光榮複述著麗婷電話那頭傳來的資訊。

「那現在要先去哪裡找啊？」國林問著光榮。

「她要我們先去三合院的地下室那裡。」光榮說著。

「好啊！那我們跟你們兩個一起去。」國林準備起身。

「不行！那只能我們兩個去，因為她藏的地方，同時還放了豹力團的鎮團寶物，我們不能讓你們拿到。」光榮老實的說。

「把我們的鎮團寶物藏起來不還我們喔！」國林說到這裡就有氣，他做勢要打光榮的模樣。

「好啦、好啦！等麗婷好一點時，我們會下戰帖給你們，到時候就有機會把你們的寶物給搶回去了。」光榮跟國林猛陪不是。

「那另外一堆呢？」

「要我們幫忙嗎？」

「讓我們加入，好嗎？」豹力團的人央求著光榮，光榮只好勉為其難的說：「麗婷打電話給我的用意，就是她把另外一堆的借據藏在我的舊家那裡，我們今天先去三合院拿第一包借據和寶物，明天再跟你們一起去拿第二包借據。」

「這樣很好了啦！」寶隆這麼說道。

「好吧！」國林同意。

「那我們先走，你們也回家去吧！」寶隆揮揮手，要豹力團趕快回家去。

然後寶隆和光榮，兩個人慢慢的晃到三合院那裡……

「三合院地下室的門沒有鎖嗎？」寶隆問道。

「麗婷說上次她來沒有鎖，應該到現在也沒有鎖吧！要不然我們就拿不到東西了。」光榮解釋著。

「果然沒鎖。」光榮大聲的吆喝著。

「那我們趕緊進去吧！」寶隆開心的跟光榮一起走進去。

等到他們兩個走進去一會兒，有個人影冒了出來……

就是麗婷那天遇到的男人，他冷笑著說：「兩個小鬼，可能都不知道，今天是他們兩個的死期。」

男人今天開的是一輛普通的轎車，可能為了躲避麗婷的證詞，說他開的是跑車吧！男人走到三合院地下室的門口，他先把那個門扣上，門鎖……鏘的一聲鎖上。

「死小孩，今天就讓你們兩個當燒乾的死小孩，誰叫你們盡擋著我的路。」男人自言自語的說道。

然後男人回頭走到自己的轎車旁邊，他突然非常驚訝……

「你們在做什麼？」男人看到毛國林和黑白無常三個人在摸他的車子。

「叔叔，你好。」國林很有禮貌的跟男人打聲招呼。

「你們好！有……有事嗎？」男人因為慌張，講起話來有點結巴。

「叔叔，我們來找人。」黑無常笑咪咪的說。

「找人？」男人故作疑問，但是額頭上直冒冷汗。

「你剛剛有沒有看到兩個跟我們差不多大的男生走到這裡來？」國林問著男人。

「沒……沒有耶！」男人答得有點心虛。

「怎麼才一下下沒看見他們兩個，人就不知道跑到那裡去了。」豹力團這三個男生抱怨道。

「你們可能跟丟了，我在這裡沒有看到任何人經過，只有我一個。」男人跟豹力團解釋著。

「不可能啊！我們到前面去看看……」豹力團的三個人準備往三合院的地

下室門口走過去。

「你們……要做什麼？」男人緊張的問道。

「看我們的朋友有沒有在這裡！」國林這麼說。

男人在他的車子旁邊，頓時手足無措的樣子。

豹力團一到地下室門口就說：「鎖著的耶！」

「那他們應該不在這裡，他們不可能到地下室，把自己反鎖吧！」國林這麼說道，然後馬上就要走的模樣。

「你們……要走了？」男人小心翼翼的問著。

「是啊！我們的朋友應該不在這裡，不找了，也該回家去囉！」國林和黑白無常跟這個男人揮揮手，就自行回家去了。

「還好，這三個滿笨的！沒有礙著我的正事。」男人邊說邊從車上拿出一桶的東西。然後男人把那一桶的東西倒出來，原來這是汽油，撒在地下室的出口處，撒好之後……

男人從口袋裡掏出一個打火機，點燃了火……三合院地下室的門口，當場燃起熊熊火焰，讓人不敢直視。男人在門口看了一會兒，確定火勢確實燃起後，這才開了轎車離開現場。

就在他離開之後，消防車也接獲民眾的線報，開來三合院這裡滅火，現場一片混亂……

第二天的報紙，就是上次貼出麗婷生活照的報紙，又寫出「兩少年葬身火窟，原因待查！」還掛上獨家報導四個字。

這一天的夜裡，顯得特別的安靜，國林他們豹力團三個人又待在網咖裡面討論了起來……

「怎麼辦？」國林非常緊張的說。

「該怎麼辦？」

「我們到底要不要去拿借據呢？」黑白無常和國林兩個人面面相覷。

這時候換成國林接到電話了……

「麗婷嗎？」國林講起手機來。

「可是，妳看去拿發票的那兩個人，我現在想起來就覺得恐怖，昨天他們兩個才跟我們在一起，結果今天兩個人就不在了，我怎麼敢再去拿什麼借據不借據的啊？」國林對著電話激動的嚷嚷著。

「這樣真的好嗎？」國林想了好久，才吐出這麼一句話來。

「好吧！那我知道了。」國林好像有點無奈的點了點頭。

看到國林掛上電話，黑白無常問著國林說：「結果到底怎麼樣？」

「麗婷要我們幫忙，去光榮的舊家拿借據，然後交給警方。」國林重複麗婷說的話。

「為什麼不叫警方去拿呢？」黑無常問著。

「因為麗婷上次跟夏警官說過這件事，夏警官回答那是我們在玩的戰爭遊戲，他工作很忙，不想管那檔子的事情。」國林說道。

「那要怎麼辦？」白無常也問了。

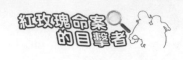

「就是硬著頭皮去拿啊！」國林苦著臉說。

「天啊！那還是孫光榮的舊家，他會不會在那裡等著我們呢？」黑無常顫抖的說道。

「一定會等我們的吧！」國林點點頭說。

「如果我看到孫光榮的話，我會問他另外一包借據在什麼地方？」黑無常繼續害怕的說：「而且光榮和寶隆會不會怪我們三個，都已經到了地下室門口，就這麼回家去了，害他們兩個冤死？」

「別這樣嚇人，好不好？」白無常打了黑無常一下，他說他討厭聽這種弄神弄鬼的事情。

「那也是沒辦法的事情。」國林做出這樣的結論。

「好吧！那我們就準備出發吧！」黑無常還是很害怕的樣子。

「我們要不要先跟家人交代後事，要不然去了如果回不來該怎麼辦呢？」白無常問著國林。

「別說成這樣，行嗎？」國林自己勸著黑白無常，不過臉上的表情看起來還是僵僵的。

「那就出發了……」國林這樣宣佈，這個時候國林手機又響起來。

「又是麗婷的電話嗎？」黑無常問道。

國林點點頭，然後接起電話。

「會啦！我們現在就要出發了。」國林無奈的表示。

「好……好……妳藏在那裡！好的，我知道了。」國林點點頭說。

「是啊……我很久沒去光榮舊家了。」國林這麼說。

黑無常問：「你還記得光榮舊家怎麼走了嗎？我已經完全不記得了，只知道大概的方向。」

「嗯嗯……我大概知道，我會找一下的，可能需要多一點的時間才會到。」國林回答著，然後掛上電話。

豹力團抱著忐忑不安的心情，前往孫光榮的舊家。

第十二章 孫光榮舊家

孫光榮之所以會搬家，是因為他舊的住所，其實是像違章建築，就蓋在河邊。那裡的人只要收入稍微好一點，都會想辦法搬離那裡，因為居住品質實在很糟。

「你真的知道路嗎？」一路上黑無常不斷的問著國林，因為他愈走愈不對，好像有點迷路的感覺。

「我很久沒來這一帶，不過應該是這樣走的沒錯。」國林肯定的說道。

「好吧！反正找不到再打電話給麗婷好了。」白無常安慰著黑無常。

「也只能這樣吧！」黑無常點點頭。

「對了，我媽媽不喜歡我來這裡，她說這裡常會有些不知道哪裡來的流浪漢待著，治安很不好。」國林提到自己的媽媽，還說如果讓他媽媽知道他跑來這一區玩的話，媽媽一定會把國林抓回去。

「那也沒辦法，我們已經答應麗婷了，既然來了，就把東西好好的找到，然後送給夏警官。」黑無常對國林這麼說。

這一區的房子真的很難找，因為每棟都是破破舊舊的違章建築，所以看起來都差不多。好不容易到了一棟矮破的房子，門口還有個吊床在那裡。國林吹著口哨說：「就是這裡了！」

「這就是光榮的舊家嗎？」黑無常有點不敢相信。

「是啊！我記得這個吊床，以前跟囝囝團來玩過，其實睡起來很舒服，好像在渡假一樣。」國林興奮的說道。

「在收破爛的地方渡假，不會吧！」黑無常諷刺的說。

「不會喔！其實我很喜歡來孫光榮的舊家，以前我還跟他說，這裡比我家舒服，還自由許多。」國林說起來，語氣都是亢奮的。

「好吧！我們不要閒聊了，趕快找到那一包借據，然後交給夏警官，我們就趕緊回家了。」黑無常建議著。

「是啊！要不然空氣裡都是霉味，我覺得好不習慣。」白無常已經開始有點過敏的現象產生。

「對！快找。」國林吆喝著，豹力團就在光榮家裡翻箱倒櫃的找了起來。

「找到了！」黑無常發出歡呼聲。

「就是這包。」國林在那裡翻動著，他看到有一包裡面都是紙的東西，看起來真的很像手寫的發票，只是有很多人名和金額，還有手印。

「應該是這包沒錯。」白無常看了之後也這麼說。

「好……」有個陌生男人在這個時候走進來，他的表情有種少見的殺氣騰騰的模樣。

「你……你……是誰？」國林發抖的問著。

「你們難道不知道嗎？我就是那個殺人犯啊！殺了怪婆婆的兇手。」男人像是在演莎士比亞劇場一樣的唸著獨白。

「兇手？」國林仍然克制不了他的抖音。

「你不要殺我們啦！」黑無常這麼說。

「是啊！我們年紀都還小，你不要殺我們，我們的父母會很傷心的。」白

無常說了一大堆。

「已經沒差了，反正有三個人死在我手上，多三個也沒差了。」這個男人講起來有點殺紅眼的神情。

「這包借據都給你，不要殺我們啦！」國林和男人討價還價。

「不行，你們已經看到我的臉了。」男人狠狠的說。

「你殺了我們，還要去殺麗婷，因為她也看過你的臉，不是嗎？」國林反問著男人。

「沒錯，我是打算這麼做的。」男人點點頭。

「別這樣，這包借據給你，讓我們走啦！」黑無常、白無常也用國林的論調，跟男人討價還價的。

「廢話少說！囉唆死了！」男人喊了一聲，又從口袋裡掏出一把槍出來。

「有槍……」國林這下子更是害怕。

「把借據給我。」男人把槍對著國林。

「你可以對著其他兩個，不一定要對著我。」國林竟然這麼說。

「老大，你怎麼這樣？我們一直很挺你的，不是嗎？」黑白無常開始跟國林鬧了起來。

「沒差，你們都沒辦法活著走出這裡，只有先死跟後死的差別。」男人冷冷的微笑了一下。

「我不想死啦！我的線上聖戰還沒有打到破表，我不可以死，這個世界需要我。」國林嚷嚷著。

「這裡滿適合殺人的，不像紅玫瑰旁邊的巷子，才把人打死，竟然會有個國中生經過。」男人這麼說。

「啊……」國林狂叫了一聲，就把旁邊的椅子摔向男人，豹力團往光榮舊家的後門跑了出去。

「別跑！」男人持槍跟在豹力團的後面。只看到豹力團熟練的在這一區快步的跑著，尤其是帶頭的國林，簡直是如入無人之境。

「老大，你怎麼對這一帶這麼熟啊？」黑無常邊跑還邊問著國林。

「以前常常跟光榮來玩，所以像是在自己家跑一樣。」國林因為跑步，講話也自然而然非常大聲。

「你們不要跑，跟你們的同伴一起去天堂玩吧！天堂一定也有線上遊戲可以玩的！」後面的男人拿著槍朝空中鳴槍。

「真的有子彈耶！」白無常說道，他還以為那個男人的槍是騙人的。

「誰要去天堂玩線上遊戲？」國林非常生氣的對嫌犯罵回去。

「這是……神經病……的行為吧？」喘到不行的黑無常，也要跟著附和國林的說法。

為了躲避男人的追趕，國林把手中的那一包借據往後丟，空中頓時飄起一片片的借據，像是下雨一樣。

「別跑！」男人還是狂追著國林他們。

「借據不是已經給你了嗎？你為什麼不要借據？」國林有點哀求著那個男

人，要他停下腳步。

「我不是說得很清楚，我不只要借據，還要滅口，我等等再回去撿借據就好了。」男人這麼說道。

國林和黑白無常看到一戶人家，在國林的帶頭之下，三個人鑽進那棟房子裡面……

「孩子就是孩子，鑽進去不是自己找死嗎？」拿著槍的嫌犯，跟在後面冷冷的想著。

「這裡沒有可以出去的地方啊！」黑無常進到屋內，找了老半天後，自己喊了出來。

「很好，這裡就是你們的葬身之處，也省得我還要找地方掩埋你們。」嫌犯拿著槍步步逼近豹力團這三位。

「喔！媽媽啊！這次我如果可以逃過一劫，我一定會聽妳的話，好好讀書，不要再玩什麼聖戰遊戲了！」黑無常在那裡邊打顫邊說。

「是啊！死了之後要好好反省，不要閒著沒事，把人家的借據拿去，多管閒事！」嫌犯舉起手槍開始瞄準。

「我們都要死了！可不可以在我死之前，讓我清楚的知道，網咖和紅玫瑰理容院的老闆是不是都是你？」國林問了嫌犯。

「沒錯，都是我！」嫌犯點點頭。

「那殺死怪婆婆的也是你囉？」國林再問了嫌犯。

「對！還有什麼無聊的問題要問嗎？」嫌犯看起來已經耐性全無。

「為什麼你要殺死一個老太太呢？有什麼深仇大恨嗎？」國林繼續問著拿槍的嫌犯。

「她這個死老太婆，放高利貸給我，要錢要得很兇，還說她跟黑道有關係，要找人砸爛我的店，我才殺死她的。」嫌犯回答著。

「可是我們其他兩位朋友，跟你無冤無仇，為什麼要燒死他們兩個？」國林繼續問道。

「誰叫他們擋著我的路？」

「好好的日子不過，為什麼要跑來找我麻煩？」

「為什麼要逼著我殺他們？就像你們現在一樣。」嫌犯看起來已經失去了理智，在這個空屋內鬼吼鬼叫的。國林什麼也沒有再問，他朝黑無常看了一眼，黑無常跟他點了點頭，然後國林突然說了一聲：「快跑！」

豹力團三個男生往房屋的一處角落跑去，那裡的牆好像有點倒塌，有個破洞暴露著……嫌犯也跟在三個男生的後面，往那處跑去……

「啊！怎麼會……」只聽到嫌犯哇哇大叫，原來那個破洞直接出去，就是河邊，嫌犯直接掉進河裡。

「好好笑喔！」

「這裡你哪有我們熟呢？」

「現在變成落水狗了！」

豹力團的成員在跑出那個洞時，直接大躍步到旁邊的走廊，沒有直直的跑

出去，這也要歸功於囧囧團……

「上次在這裡被囧囧團耍過，直接掉進河裡面，一直想找個人來耍一下！」國林得意洋洋的說道。

「死小孩！看我怎麼收拾你們三個！」嫌犯從不深的河裡繼續罵著，馬上要跳上岸來。

「哇！」豹力團的三個男生，趕快往房門外面繼續跑。

「不要跑！」嫌犯繼續在豹力團後面追著。

「剛剛全部都有錄音下來嗎？」國林問著黑無常。

「我剛剛手機的錄音功能有開，嫌犯的自白全部都錄了下來。」黑無常跟國林說道。

「好，那我們現在就趕快到廣場那裡去。」國林跟黑白無常交代著。

然後國林他們跑到一個比較空曠的地方，那裡有很多的廢棄車輛停在那裡，堆得亂七八糟的。

「我還不知道有這樣的地方。」黑無常沒想到自己居住的附近，竟然是別有洞天。

「到這裡來也沒用，反正你們註定要死。」男人氣急敗壞的說，也可能因為跑得很累，有點喘了起來。

就在這個時候，突然一輛挖土機往廢車廠這裡開了過來……

「這是什麼？」男人非常好奇的問道。

「本大小姐是也。」麗婷和女警察就坐在那台挖土機上面。

「麗婷，快救我們！」黑無常對著挖土機喊著。

「妳也來了，那正好，我剛好一起收拾。」男人對著坐在挖土機上的麗婷這麼說。

「你沒看見我旁邊的這位嗎？雖然她穿著便衣，其實是個女警察。說話小心一點。」麗婷對著男人喊道。

「我已經豁出去了，反正所有擋到我路的人都要死，就像那個怪婆婆一

樣。」男人真的是「置死生於度外」，對著警察還這樣自白。

「你這個人真的很狠，連兩個去拿借據的學生，你都狠得下心把他們燒死。」麗婷指著那個男人說。

「要怪就要怪他們兩個笨，已經被我監控了，還去拿什麼借據。」男人這麼說道。

「誰說我們笨來著？」又有另外一輛挖土機開了過來，上面竟然坐著的是……李寶隆和孫光榮。

「啊？」這下子連男人都訝異了。

「你憑什麼說我們是笨蛋呢？」寶隆問著男人。

「你們沒死？」男人覺得這簡直是不可思議，怎麼會有這種事？他看到的這是什麼樣的畫面啊？

「是啊！活得好好的。」光榮耀武揚威的說。

「那報紙上寫的又是什麼？」男人問道。

「那是記者被我們利用了！上次我的同學粉紅豬，她的堂姊從臉書上挖了我一張照片，引得一堆記者跑來我家，讓我爸媽煩得要命。這次……」麗婷解釋著，並且把推土機往前移動了一點。

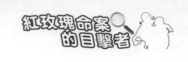

「我是警察，妳可不能亂來喔！」女警察在麗婷旁邊說道。

「YES SIR！」麗婷作敬禮、遵命狀。

「我們這次就反利用她，在臉書上放假消息，假裝是警察局封鎖的內部消息，她的記者堂姊上次嚐到甜頭、引起眾人注意，這次也想搶獨家，就自己寫出這條「假」新聞了。

「可是，你們明明是下去那個地下室了，不是嗎？」男人覺得自己的視力應該沒有那麼差才對。

「是啊！我們下去了，但是只是躲在入口處附近，看到你調頭回去車上跟我的朋友們說話，我們偷偷的從旁邊小洞溜了出來，躲在一旁，你怎麼可能比我們熟悉這裡的環境呢？」寶隆揶揄著嫌犯。

「那……那……」犯人覺得有點混亂，他突然有點搞清楚，原來是這一群小鬼在耍他。

「你們在網咖說的都是套好招的嗎？」男人難以置信的問道。

「是的。」寶隆點了點頭。

「從一開始，你們在網咖說的那些話，就是故意說給我聽的嗎？」男人反問著寶隆。

「是啊！」寶隆又點點頭。

「就是你們故意在網咖說那些，讓我好跟在你們後面去找借據，是這樣嗎？」男人反問寶隆。

「是這樣沒錯！」寶隆從頭到尾都說那個嫌犯猜的沒錯。

「壞事都做不好！難怪我的家人會瞧不起我！」男人不斷的喃喃自語，說著自己真的很沒用。

「我竟然連做壞事都輸給這樣的小鬼，我這個人還有什麼用呢？」男人這個時候把槍朝著自己的心臟位置對準。

「你不要做傻事。」寶隆吼著。

「是啊！服完刑，就可以重新做人了。」女警察在挖土機上勸著那個嫌犯不要扣板機。

「是啊！服刑後，我大概是六十幾歲的老人，要我再重新開始，這樣不是很殘忍嗎？」男人苦笑著說。就在男人要扣下扳機的時候，離他最近的毛國林突然飛奔上去，撲向那個男人……只看到毛國林和男人都全身是血，兩個人慢慢的站了起來，結果毛國林說：「我中槍了！」

一說完，毛國林整個人倒了下去。而這時候女警察已經跑到嫌犯的旁邊，用擒拿術制伏了他，然後黑白無常抱著國林猛哭……

「哭什麼哭啊？叫救護車才對！」麗婷在挖土機上喊著。

女警察趕緊用無線電聯絡警察局，可是有一個問題……救護車沒有辦法進到這裡，這一帶的巷子都太窄了。

「沒關係，我來。」寶隆注意到國林中彈的地方是在大腿，他要光榮趕快打電話到毛家，毛爸爸是醫生，他會為國林安排最好的急救。

然後寶隆立刻背起國林，用最快的速度往外面跑去，囧囧團和豹力團的其他成員們都不斷的替國林打氣……

「老大，要撐下去。」

「你是我們豹力團的老大，不能倒下去。」

「我們還需要你當我們可敬的對手。」國林蒼白著臉說：「你們這群長滿膿瘡的死狗崽子，我不會放過你們的，放心，我死不了。」

「這樣就好！這樣就好……」光榮聽到國林這麼嘴硬，他就覺得他還有「生命力」。

「毛國林，你記得喔！我可是不能沒有你，要不然我會覺得很無聊的，我們等你來搶回你們鎮團寶物，知道嗎？」把毛國林送上救護車的那一刻，光榮還不忘這樣提醒他。國林雖然很痛苦的樣子，還是勉強舉出一個勝利的V字手勢，高喊著：「豹力團萬歲！囧囧團敗類！」

毛爸爸、毛媽媽這時候都趕來救護車旁，要跟國林一起坐救護車去醫院。

毛媽媽聽到國林喊著口號，忍不住對旁邊的毛爸爸說：「國林這次醫槍傷，可不可以順便醫他的腦神經。」

但是聽到毛國林這句口號的囧囧團和豹力團成員，都感動的掛著眼淚，喊起自己的團名萬歲，對方的團名敗類……

「豹力團萬歲！」

「囧囧團萬歲！」

「豹力團敗類！」

「囧囧團敗類！」

這樣的聲音在空蕩的地方迴盪不已。

毛爸爸嘆了一口氣說：「可能需要送醫的不只我兒子，還有其他五個人才對。」

第十三章
謎底揭曉

國林半夜到了醫院急救，囧囧團和豹力團的成員都聚集在手術室的外面，所以的家長也被通知到了現場……

「老天爺啊！千萬要保佑我們家的國林，讓他平安度過這次危機，我一定會做好事來報答的。」毛媽媽就是不停的在祈禱。

「我們就覺得很奇怪，明明看到寶隆和光榮都好好的，竟然報紙上會寫說他們兩個少年都死了，旁邊還掛上一個大獨家！」嚴爸爸在醫院也在說現在的記者真的有夠荒唐。

「你們怎麼會想到利用那位記者啊？」雖說這樣教訓了那位記者，讓她心裡好過一點，不過嚴媽媽還是無法理解，這些小孩子為什麼還要騙記者上勾，讓記者發出假新聞。

「誰叫她那麼沒有職業道德呢？如果她有職業道德的話，她就會去好好的查證，也不會被騙。」麗婷沒好氣的回答道。

「她有查證，那位記者有打電話給夏警官，夏警官實話實說，並沒有發現

兩具少年燒焦的屍體，但是她不相信，自作聰明的以為警方隱瞞消息。」在麗婷旁邊的女警察這麼說道。

「她得到教訓了吧！」

麗婷幸災樂禍的點點頭。

「你們怎麼做到的？」

女警察問著囧囧團和豹力團，她說這種破案方式或許可以記錄下來，當作教材。

「我們把臉書上的權限都放寬，讓朋友的朋友可以看到我們的討論。」光榮笑著說道。

麗婷還跟女警察解釋了一下，臉書為了保護個人的隱私，能設定權限，讓每個人的發言只有確認朋友的人可以看見。

但是粉紅豬是麗婷的朋友，不是其他囧囧團和豹力團成員的朋友，他們事先互相加了對方當朋友。

而那位記者是粉紅豬的堂姊，也是粉紅豬臉書上的朋友群，開放權限之後，記者就可以看到囧囧團和豹力團成員的討論內容。

「我們就在麗婷的塗鴉牆上討論光榮和寶隆被嫌犯燒死的假消息。」

「還在臉書上面說警方為了辦案，封鎖這件事。」

「那位記者和報社想獨家想瘋了，就把它當成真正的新聞發出去了。」

囧囧團和豹力團爭先恐後的對女警察解釋他們操作臉書「謠言」的作法。

「都說無欲則剛，這也是那位記者自己有貪念，才會掉入你們的陷阱。」女警察同意的點點頭。

這個時候，毛爸爸從手術室急急忙忙的走了出來……

「孩子怎麼了嗎？」毛媽媽緊張的問。

「手術還算順利，但是血庫沒血了，我們國林要用的O型血沒有了。」毛爸爸緊張的宣佈著。

「沒關係，我就是O型血，我輸給他。」寶隆立刻舉手。

「我也是O型。」麗婷也舉手。

「可是你們要滿十七歲才能捐血，你們的體重應該也不夠標準。」毛爸爸皺著眉頭解釋。

「我也是O型。」女警察站起來說。

「我是。」嚴爸爸也點點頭。

「請大家先到護理站做個檢測，過了再捐血給我兒子，好嗎？」毛爸爸感激的說道。

「下次不准再參與這麼危險的事情了！」

等到毛爸爸帶著嚴爸爸和女警察去做血液檢測時，嚴媽媽忍不住教訓起囧囧團和豹力團。

「也不想想看，發生這種事情，我們這些做父母的人會有多麼擔心啊！」嚴媽媽忍不住這麼教訓著。

囧囧團和豹力團的幾個人都低下頭來，知道這個時候說什麼都不對，只期望毛國林能夠平安的度過難關。

另外一方面，落網的嫌犯到了警察局後，經過夏警官偵訊，結果發現，原來他真的是紅玫瑰理容院和網咖的幕後老闆，等於這兩家店都是他的。

「搞了老半天，原來那都是你的。」

夏警官這才明白，為什麼每次臨檢紅玫瑰理容院都抓不到人。

「紅玫瑰和網咖之間有密道，你們在臨檢時，他們就會從密道逃到網咖。網咖只有一、二樓營業，我叫他們躲在三樓，那裡是連工讀生都不知道的地方。」嫌犯這麼說。

「紅玫瑰和網咖又跟怪婆婆有什麼關係呢？」夏警官在偵訊時，一直想釐清這點。

「我跟怪婆婆借錢，但是利息還不出來，怪婆婆來跟我討錢，我跟她約在紅玫瑰理容院的巷子底談，結果一火大，衝進紅玫瑰裡面拿酒瓶，就朝她的後腦杓敲下，沒想到她就這樣死了。」犯人搖搖頭說。

「其實……」

夏警官正要說話的時候，嫌犯插嘴進來。

「我運氣真的很背，才這樣敲下去，老太婆就死了，我真的是很倒楣，又被國中生看到命案現場。」嫌犯自怨自艾的說道。

「其實你那一記敲下去，怪婆婆沒有死，驗屍報告說怪婆婆是悶死的。她原本還是活著的，是你誤以為她死了，不知道你把她放在哪裡，結果她老人家沒有空氣可以呼吸，就這樣悶死了。」夏警官這才說完。

「真的是這樣嗎？」嫌犯追問著。

夏警官點點頭。

「你沒有騙我？」嫌犯再問。

「這都是專業的法醫說出來的，我騙你幹嘛？」夏警官覺得他的問題有點可笑。

「啊……」

嫌犯這時候在警察局狂叫，那個叫聲當中有許多的不甘心，感覺非常淒厲。

「為什麼會這樣啊？」嫌犯哭哭笑笑的自問自答。

「我為什麼要這樣一步錯，步步錯呢？」嫌犯痛哭流涕的說道。

後來夏警官問起嫌犯，才發現他的人生真的是一步錯、步步錯最好的寫照，原來嫌犯也曾經是個好好的上班族……

因為跟老闆非常處不來，就辭去工作自行創業，但是失敗，一千萬的銀行貸款也還不出來。

他的心裡非常怨恨，覺得社會都不給他機會。那時候有個人找他做色情行業的「馬夫」，為了餬口他就接下這個工作。

當然，他並沒有讓家人知道他做這樣的工作，他的父母家人還以為他是在做什麼漁貨市場的工作，每天晚出早歸的。

「而且我有一種很奇怪的心理，就是社會不給我機會，只有這個工作給我機會，我要好好的表現。」嫌犯這麼說道。

這樣的話，夏警官也聽多了，大概每個嫌犯都這麼說吧！

結果這個嫌犯的應召站被警方抓到，他當天是從家裡被逮捕的，連電腦都被警察搬走。

「家人幾乎完全放棄我了，在看守所時，幫我請律師的還是應召站。」嫌犯冷笑的說。

「他們是為了維護自己的利益才這麼做，也不見得是為了維護你的利益。」夏警官提醒他。

「我知道，但是覺得很不公平，家人憑什麼放棄我呢？」

「我好的時候不是也都鈔票大把大把的給他們？」

「等到我不好了，我就什麼都不是。」

「這樣公平嗎？」

這個嫌犯看起來有極深的怨氣，他不斷的怒罵著家人，不能接受他們對他的不理不睬。

「妨害風化也沒關多久，我就被放出來了。但是這段時間，沒有一個家人來看我，寫封信給我，出獄時我就決定從此要跟那個家斷絕關係。」

「因為貸款還不出來，只要去工作有勞保紀錄，法院的單子就會來，再加上有前科，根本沒辦法有工作，只好找人頭這樣做到現在你看到的場面。」嫌犯這番孤獨的獨白，讓夏警官聽了好生感慨。

「你知道嗎？我們這裡很多孩子很喜歡你那家網咖。」夏警官有點心酸的說道。

「我知道啊！每次在三樓，透過監視器看著他們在那裡玩，互相打鬧，尤其是那兩隊囧囧團和豹力團，我都覺得我自己跟著年輕起來。」嫌犯的眼神這時候溫柔了許多。

「或許你被放出來之後，還可以來我們這裡繼續開網咖，紅玫瑰理容院就不用了，這樣我就不用每天去臨檢。」夏警官笑道。

「六、七十歲了吧！到時候放出來應該也是這樣的歲數囉！」

嫌犯感嘆的說。歲月是不會饒過他的，在他生命中的許多事，幾乎都不饒過他。

「連我最愛的那群孩子，在網咖我最喜歡的那群孩子們，最後也是把我抓到的那群人。」嫌犯的笑容裡有許多無奈。

「他們有給你這個！」夏警官把一封囧囧團和豹力團聯名寫的信交到嫌犯的手裡。

「他們知道了你的狀況，想寫封信鼓勵你，希望你出獄之後，可以來我們這裡繼續開網咖，要開一間他們可以帶著孩子一起去的網咖。」夏警官邊說，心想這就是囧囧團和豹力團會做的事情。

那個嫌犯看過信後，淚流滿面……

「那個大腿中彈的小子，還好嗎？」嫌犯問著。

「沒大礙了，只是可能有一陣子不能玩他們什麼……什麼……遊戲的。」

夏警官笑道。

「聖戰遊戲。」嫌犯回答道。

「沒錯，就是這個名詞，真不愧是開網咖的。」夏警官舉起大拇指，而嫌犯銬著手銬的手連忙搖手說沒有。

「他們有託我問你一個問題。」夏警官這麼說。

「怎樣的問題？」嫌犯反問。

「他們想知道你是什麼時候開始在網咖注意他們，聽他們說話的。」夏警官轉述著。

「從他們開始在我那裡比線上聖戰遊戲開始。每次看他們六個人一起來，邊打還邊嗆聲、叫囂，讓我想起我讀書的時候，總是非常孤單，一個人讀書，成績很好，卻沒有什麼朋友。看到他們六個感情這麼好，讓我非常、非常羨慕。」嫌犯解釋著。

「我會跟他們說的。」夏警官點點頭。

「我也想問他們一件事，是什麼時候發現網咖裡有人在注意他們的談話？」嫌犯問著。

「他們說是從網咖的後門發現血跡反應開始，就有點懷疑網咖跟紅玫瑰理容院的關係。」夏警官回答道。

「原來是這樣！那天被國中女生發現屍體的時候，情急之下，我從網咖的後門拖著怪婆婆進去掩藏，因為一急，什麼都沒注意，是拉著怪婆婆的雙腳拖的，才會在後門那一帶留下血跡反應。」嫌犯解釋著。

「對了！他們還說，也是你後來處理過巷子裡面的血跡反應，用一些藥物處理過，讓他們再測都測不到血跡反應，他們才愈來愈確定，有個人在某個地方聽著他們在網咖的談話，而且那個人應該就是兇手。」夏警官解釋著。

「是啊！自從怪婆婆在巷子被國中女生發現後，我就更注意他們說的，才會露出破綻。」嫌犯點點頭。

「我竟然做壞事連國中生都拼不過，我真的很沒用，是個徹徹底底的失敗者。」嫌犯垂頭喪氣的說。

「他們在信裡不是一直說，你經營的網咖跟別人不太一樣，你有送那種免費的紅茶，而且連免費的都很認真的煮，非常好喝，比花錢買的紅茶還要好喝。他們真的覺得你有一顆體貼的心，希望你不要放棄你自己。他們說，會常常寫信給你，歡迎你再回來這裡開網咖！」

夏警官也看過信，他把囧囧團和豹力團說的那些，跟嫌犯再轉述了一遍，又加上幾句自己的話，就讓嫌犯感動得要命，哭到把夏警官桌上的面紙都用完了。

這個嫌犯要押往看守所，臨了上警車之前，囧囧團和豹力團的成員們還在警察局等他。

看到寶隆的腳一跛一跛的，嫌犯非常難過的說聲：「對不起、對不起……開槍打到你。」

「你弄錯了！被你打到的那個毛國林，現在還在醫院，我是背著他跑時，

腳有點扭到了。」寶隆完全沒有慍色。

「那他還好嗎？」嫌犯問著那幾個孩子。

「原本傷到大動脈、流血不止，血庫存血量不夠，還好嚴爸爸和女警察輸血給他，已經沒有大礙了。」寶隆說明道。

「那就好！要不然我的罪孽還要多加上一條。」

嫌犯如釋重負的點點頭。

「放心，我們老大不會死的，他還要把鎮團寶物給偷回來呢！」黑無常笑著說。

「這裡面有好多人，我曾經想要殺害你們，我也對你們說聲對不起。」嫌犯再三的抱歉。

「沒關係的，你一定是因為害怕才會這樣的，老闆。」麗婷笑咪咪的對嫌犯這麼說。

「妳叫我老闆？」嫌犯反問道。

「是啊！你本來就是網咖的老闆，我們去那裡玩，本來就要叫你一聲老闆的。」麗婷這麼說，其他人也都附和著。

「謝謝你們！謝謝你們！我真是覺得很不好意思。」嫌犯要上警車之前還將頭埋在雙手裡，感到很羞愧的樣子。

「早知道就對你們好一點，叫你們放我一馬。」嫌犯挖苦著自己，或許這也是他衷心的盼望。

「不行，我們囧囧少年偵探團是公正的。而且找出真相才能解決問題，要不然一直掩飾犯罪，只會犯更多的罪。」寶隆說著這一點，嫌犯則是有感而發的點點頭。

「老闆，要再回來開網咖喔！紅玫瑰理容院就不要了，要不然我們的爸爸媽媽都不准我們去玩網咖了。」黑白無常兩個人一直叮嚀著這點。

「會的，希望我回來的時候，牙齒都還在。」嫌犯揶揄著自己。

「你就當暫時搬家好了，以後再搬回來這裡。」麗婷這麼說道，大家都笑

了出來。

最後全部的人一起揮手看著押送嫌犯的警車離去。

「你們今天的表現讓我很感動。」夏警官這麼說。

「我們一直表現得很好！」麗婷義正詞嚴的說道。

「是啊！只是會一直哭著說，有屍體、有屍體……」夏警官揶揄著麗婷。

「夏警官，你不可以這樣喔！你是人民的保母，不可以這樣隨便嘲笑別人。」麗婷指正著夏警官。

「有時候我真想參加囧囧團跟豹力團，跟你們一起玩那個叫做什麼聖戰的遊戲！」夏警官這麼說道。

「啊？」麗婷非常驚訝的睜大眼睛。

「嗯……」寶隆也陷入長考。

「怎麼了嗎？」夏警官反問。

「你不是每天都在玩嗎？」

「跟嫌犯玩著警察抓小偷的聖戰遊戲！」

「對啊！人在福中不知福。」

囧囧團和豹力團七嘴八舌的說道，然後跟夏警官說再見，準備離開警察局去做自己的事。

「你們怎麼不回家呢？」夏警官看到他們走的方向不是回家，連忙問起這些孩子。

「我們還有要緊的事要辦啊！」囧囧團這三個神祕兮兮的說。

「還有什麼事情啊？」夏警官不明白的問著。

「他們一定是要藏我們豹力團的鎮團寶物，對吧！」黑白無常一副非常「了」的模樣。

「當然囉！要趁毛國林出院之前先藏好！要不然他腳就算受傷，不能動了，還是會坐輪椅來找寶物的。」麗婷非常慎重的表示。

「這是我們豹力團的榮譽感！」黑白無常點點頭。

幾個孩子離去的背影在夏警官的眼前跳動著……

「是啊！假如我有一顆跟他們一樣遊戲的心，我每天是都在玩警察抓小偷的聖戰遊戲才對啊！」

看著快要下山的太陽和晚霞，夏警官轉過頭去、吹著口哨走進警察局裡。

少年偵探系列：02

紅玫瑰命案的目擊者

作　　者◇葉意霆
出 版 者◇培育文化事業有限公司
執行編輯◇禹金華
社　　址◇22103 新北市汐止區大同路三段一九四號九樓之一
TEL　(〇二)八六四七—三六六三
FAX　(〇二)八六四七—三六六〇

總 經 銷◇永續圖書有限公司
劃撥帳號◇18669219
地　　址◇22103 新北市汐止區大同路三段一九四號九樓之一
TEL　(〇二)八六四七—三六六三
FAX　(〇二)八六四七—三六六〇
E-mail　yungjiuh@ms45.hinet.net
網　址　www.foreverbooks.com.tw

法律顧問◇中天國際法律事務所　涂成樞律師　周金成律師
出 版 日◇二〇一一年六月

國家圖書館出版品預行編目資料

紅玫瑰命案的目擊者/ 葉意霆 著.
-- 初版. -- 新北市；培育文化，民100.06
面；　公分. --（少年偵探 ; 2）
ISBN 978-986-6439-55-1（平裝）
859.6　　　100006496

培育文化讀者回函卡

謝謝您購買這本書。
為加強對讀者的服務，請您詳細填寫本卡，寄回培育文化；並請務必留下您的E-mail帳號，我們會主動將最近〝好康〞的促銷活動告訴您，保證值回票價。

書　　名：紅玫瑰命案的目擊者
購買書店：＿＿＿＿＿市／縣＿＿＿＿＿＿＿書店
姓　　名：＿＿＿＿＿＿＿＿＿＿生　　日：＿＿年＿＿月＿＿日
身分證字號：＿＿＿＿＿＿＿＿＿＿＿＿＿＿＿＿
電　　話：(私)＿＿＿＿＿＿(公)＿＿＿＿＿＿(手機)＿＿＿＿＿＿
地　　址：□□□－□□
　　　　：＿＿＿＿＿＿＿＿＿＿＿＿＿＿＿＿＿＿＿＿
E-mail：＿＿＿＿＿＿＿＿＿＿＿＿＿＿＿＿＿＿＿＿
年　　齡：□ 20歲以下　□ 21歲～30歲　□ 31歲～40歲
　　　　　□ 41歲～50歲　□ 51歲以上
性　　別：□ 男　□ 女　　婚姻：□ 單身 □ 已婚
職　　業：□ 學生　□ 大眾傳播　□ 自由業　□ 資訊業
　　　　　□ 金融業　□ 銷售業　□ 服務業　□ 教職
　　　　　□ 軍警　□ 製造業　□ 公職　□ 其他＿＿＿＿＿＿
教育程度：□ 高中以下(含高中)　□ 大專　□ 研究所以上
職位別：□ 負責人　□ 高階主管　□ 中級主管
　　　　□ 一般職員　□ 專業人員
職務別：□ 管理　□ 行銷　□ 創意　□ 人事、行政
　　　　□ 財務　□ 法務　□ 生產　□ 工程　□ 其他＿＿＿＿＿
您從何得知本書消息？
　□ 逛書店　□ 報紙廣告　□ 親友介紹
　□ 出版書訊　□ 廣告信函　□ 廣播節目
　□ 電視節目　□ 銷售人員推薦
　□ 其他＿＿＿＿＿＿＿＿＿＿＿＿＿＿＿＿＿＿
您通常以何種方式購書？
　□ 逛書店　□ 劃撥郵購　□ 電話訂購　□ 傳真　□ 信用卡
　□ 團體訂購　□ 網路書店　□ 其他
看完本書後，您喜歡本書的理由？
　□ 內容符合期待　□ 文筆流暢　□ 具實用性　□ 插圖生動
　□ 版面、字體安排適當　□ 內容充實
　□ 其他＿＿＿＿＿＿＿＿＿＿＿＿＿＿＿＿＿＿
看完本書後，您不喜歡本書的理由？
　□ 內容不符合期待　□ 文筆欠佳　□ 內容平平
　□ 版面、圖片、字體不適合閱讀　□ 觀念保守
　□ 其他
您的建議：＿＿＿＿＿＿＿＿＿＿＿＿＿＿＿＿＿＿＿＿
＿＿＿＿＿＿＿＿＿＿＿＿＿＿＿＿＿＿＿＿＿＿＿＿

剪下後請寄回「22103新北市汐止區大同路3段194號9樓之1培育文化收」

請用膠帶黏貼

廣 告 回 信
基隆郵局登記證
基隆廣字第200132號

221-03

新北市汐止區大同路三段194號9樓之1

培育文化事業有限公司

編輯部　收

請沿此虛線對折免貼郵票，以膠帶黏貼後寄回，謝謝！

為你開啟知識之殿堂